U0052183

Seba・蝴蝶

Seba・蝴蝶

Seba・蝴蝶

Seba・蝴蝶

蝴蝶館 69

誤棲梧桐

Seba 蝴蝶 ◎ 著

目錄

誤棲梧桐

論大燕千古一帝的崛起，鳳帝自述一切都是無奈的誤會和巧合。

但是連她親生女兒都不信，更遑論朝廷百官與黎民百姓。

百姓呢，偏向神話論，「不忍大燕將絕之嗣，天使鵷雛棲梧桐。」

百官呢，偏陰謀論，認為「鳳帝心懷深遠，神機明斷千年內事。」

說真話，鳳帝只想說……媽的我只是被慕容世家和皇室聯手坑死了。

說起來都是一把無盡的惆悵，遙想當年，慕容鵷（音冤）只是個未及笄的小姑娘，還在水很深的慕容府和族內姊妹愉快的玩宅鬥……怎麼也沒想到會晴天霹靂，那道雷還神準的劈在她腦袋上。

那年過年，其實已經隱隱約約的聽說，皇室想求個慕容府的姑娘。在超豪華鬥神等級的慕容後宅，所有的祕密都不是真正的祕密。

但是當時還叫做鶲姐兒的小姑娘，一點感覺都沒有。大燕朝沒有同姓不婚的規矩，但會說到求，想必不是給皇帝找人，應該是給王爺們求妃。第一世家慕容府，再正常也沒有了。

可跟她有什麼關係？

這麼說吧，她名義上是嫡女，但這當中的濃度很低。她爺爺是庶子，她爹也是庶子。運氣很好的是，她是她老爹的嫡女。但慕容庶子庶孫的嫡女……妥妥的遠族庶支，這嫡女能精貴到哪去？

從她爺爺到她爹，跟府裡的大管事相差不遠，就是這樣才沒被分出去。而她呢，在慕容府摔打跌爬的練出鋼筋鐵骨，妥妥的是宅鬥行班裡的隱形飛機，不惹眼又能刺殺一切惡意於幼苗時。

她敢說嫁到哪個規模少於五百人的家族，都能混得風生水起，慕容府出品，觀眾絕對有信心。

至於王妃什麼的，拜託了，最少該是長房嫡長女才有資格，長房其他嫡女還很勉強。人貴自知，她可覺得自己一點都不便宜。

所以其他當齡少女忙著互踩使絆子，栽贓嫁禍、指桑罵槐，紛紛落水和跌倒等等努力時，她在幫她老爹作假帳……咳，糾正帳面錯誤。

一切都很完美和諧，直到長房大夫人的心腹侍女衝進來，她還以為東窗事發。

「鵷姐兒。」她一臉古怪，「夫人喚妳去見她。」

她臉色平靜、泰然自若的將糾正帳面錯誤的帳本塞到最下面，款款的跟著侍女走出去。

然後她發現，慕容府還是有祕密的。

她沒有因為做假帳東窗事發，卻被賜婚給七王爺。

哇，王妃欸，一步登天欸……你他媽見鬼了吧！

今上有七個皇子，都已封王。雖說已經封了三皇子為太子，但是其他五個王爺依舊虎視眈眈，隱隱有奪嫡之象。

為什麼呢？因為這太子……既不是嫡，也不是長，只是因為母妃是今上的寵妃。

問題是皇上的寵愛如流水，今日朝東明日朝西啊！今上是個抽風的，跟寵妃吵架就廢太子，和好就復太子，這麼狼來了已經玩三回了。

其他五個王爺當然覺得自己非常有機會啊！皇上特愛玩（抽風型）帝王心術，今天寵這個兒子，明天就寵那個兒子了。

什麼？你說我算術有問題？明明有七個王爺，怎麼就算了六龍奪嫡？

別鬧了，那個七王爺是個名震京城的病秧子啊！七個月早產，先天後天一起失調，昏厥和哮喘是家常便飯。只剩一口氣吊著的人，你說還能愉快的和兄弟們奪嫡嗎？

這是最糟糕的嗎？不是。只有更糟糕，沒有最糟糕。王爺他今年二十三，未娶親已經有三個庶子了，最大的都八歲了。

鄉親啊，這個王妃進府就有現成的便宜兒子了……誰想要啊！

她悲憤啊，悲憤得用咆哮體問候老天爺，你他媽我沒刨老天爺的祖墳吧?!可惜蒼天不語。

看著已然上供的聖旨，她無力敗退。鐵鐵的一個陰謀，她被慕容府最黑的家主坑了。拿她這成分很低的嫡女頂缸，皇帝的初衷應該是想要慕容府真正的嫡女。

太晚了。她還寧可做假帳東窗事發。做假帳還能逃跑，頂缸的賜婚，跑都沒地方跑。

但是她能在比墨水還黑，比東海還深的慕容府活得如魚得水，宅鬥指數起碼是七顆星以上（滿點五顆星），就是她無可救藥的審慎樂觀。

在經過策動多年經營的慕容府情報網之後，她發現，這樁婚事也不是太糟。

首先呢，七王爺病危，不知道哪個該死的神棍說要個慕容府的嫡女沖喜才能保平安，他老人家還是昏迷狀態。

可見不是七王爺意圖強娶，要怪都怪那個抽風抽成龍捲風的皇帝。

再者，情報網指出，嫁妝很豐厚，足夠她用燕窩漱口，魚翅鮑魚吃一碗看一碗再摔一碗，奢侈浪費個三輩子都夠用了。

瞧，錢，大把的。兒子，別人幫生好了。丈夫……呃，只要能活過洞房花燭夜，她就是在冊的王妃了。

站在道德禮法的制高點，就算當寡婦也是王府最正當的當家人了。

婆母？元后已死，有事燒紙。七王爺的母妃還死在元后之前呢，後宮目前三國鼎立，哪個都不用朝拜。皇帝公爹顧著各種抽風，跟她也沒關係。

這妥妥的就是個有房有田父母雙亡……咳，雙不必管的節奏啊！嫁！為什麼不嫁？在慕容府還沒學會，有嫡子之後，嫡妻就是鐵鐵守活寡的命嗎？手上還沒那麼多錢，還沒那麼大權呢。何況過門就是超品誥命啊開玩笑。

她把自己的心理建設武裝到牙齒了，鬥志非常昂揚的備嫁。

只是多年後她偶爾會悵然的想，他媽的鑽狗洞都該逃婚。這樁婚事未免也太坑。

大概是出嫁新婚恐懼症，在花轎思惟澎湃的鴝姐兒，一個不當心澎湃歡騰的往宇宙電波靠攏了。

七王爺號稱病秧子，但經年累月的沒露面……該不會有什麼內情吧？若說從出生病到現在，又怎麼早早生了三個庶子？

一個哆嗦，差點把手裡的寶瓶給摔了。

不管是裝病裝得出神入化，穩穩的站高山看馬相踢，還是家有寵妾愛之入骨生死與共……媽的都不是什麼好消息，王爺府就是個龍潭虎穴啊！

她立刻調動所有的心眼，開始策劃輪滿天干地支的所有對策。專心到連新婚恐懼症都痊癒不少。

新郎沒有出來相迎，她以為冷板凳坐定，誰知道被直接簇擁到新房了。

蓋著紅蓋頭，她還沒搞清狀況，已經被扶在婚床坐下，還被別著臉往床的方向。紅蓋頭一拉，眼前驟然明亮，讓她眨了眨眼才適應了光線。

只見一美人半臥於床，眼含清泉盈盈，秀眉蹙半秋之愁，面若脂玉，唇如薄櫻，身傾玉樹頹倒，腰瘦沈郎之姿。氣喘微微，捧心不語，那雙原本安穩乾淨的眼眸，驟然燦出驚豔。

賺大發了！鵪姐兒心底咆哮一聲。這麼漂亮的病美人哪怕跟他滾上一次床單都太值得了！將來守活寡也無憾了，這麼美麗的臉蛋每天瞧瞧也成啊！

眼前少女讓他湧起「鶯憐枝嫩不勝吟」的感嘆，實在還太小。雖然依舊稚嫩，卻兩挑吊稍柳葉眉，鳳眼秀麗，顧盼風流婉轉，只見英氣而忘俗。生生的從這樣清麗的容顏，透出十二萬分的生氣勃勃，如火光四濺，令人挪不開眼。

造大孽了。七王爺心底一痛。這樣生機盎然的人兒，卻得被他這個隨時會死的人拖累，這一累就是一生……可以嗎？原本的打算都成渣了，連告訴她日後改嫁的話……都說不出口。

只能說，世間真有一見鍾情的事情，害人誤己。於是這對剛成親的夫妻，很不幸的互相坑害，對某些人來說，真是相輔相成的為禍人間。

結果刺激太甚，七王爺病發，氣喘病加心臟衰弱，差點沖喜沖死新郎。

本來鶲姐兒尚未及笄不能圓房，該別居一室。但因為新郎病重，她就留下來照看，度過一個與眾不同的洞房花燭夜。

這事看起來小，事實上在王府意義格外不同。不管是怎麼渡過洞房花燭夜，達陣與否，被王爺留下來的王妃，地位才是名符其實，真正有資格掌握權柄。

可惜王府亂習慣了，竟沒發現新任王妃已然踏上禮法世情的制高點。

坦白說，憂心忡忡的鶲姐兒自己也沒想到，但不代表她事後會想不到。

王爺終於度過了危險期，鶲姐兒才發現百廢待興，王府完全在動員戡亂時期。據未來的鳳帝表示，非常不適應。

所謂宅鬥，就是必須在禮教和秩序下，利用和破壞禮教和秩序，這才鬥得起來鬥得博大精深鬥出深髓。可王府別出一格，禮法和秩序蕩然無存，魑魅魍魎輩出，當場演起五胡亂華了。

畢竟她還是個未滿十五歲的小姑娘，震驚於一個奶娘做茶壺狀數落主子的強大姿態，和她過往的生活經驗徹底不合，一時驚呆了。

但不是王爺有奶娘，鴉姐兒也是有奶娘的。她那斯文秀氣，做得一手好針線，端莊寡言的奶娘，提起裙角，無比俐落得將王爺奶娘踹了個八步遠，啟檀口，如珠玉落盤。

「這老貨守寡守傻了吧？莫不成傻到沒邊自以為老王妃？一個老奴才擺什麼主子的款？我若是妳就找條草繩吊死了，省得給自家遭禍。妳兒孫該有多不積德才有妳這樣倒楣的娘婆……」

（接下去就是激烈潑辣的吐毒汁，為了不教壞大人小孩，就不續錄了。）

這一腳，真是踹出鴉姐兒的新視界，豁然開朗。限於宅鬥，太規矩也太虧了。渾沌禮教喪失的時候，就需要一拳破開啊！

鶼姐兒悟了。她立刻讓奶娘去陪嫁莊子上點將，務求武力值和忠誠度破表，份量也得夠看。奶娘含笑應聲，果然拉來一隊粗勇村婦，配齊棍棒，只用了三天就建立起王府後宅新秩序。

當然，她能這麼硬氣，自然是因為一見鍾情的病美人王爺撐腰。美色誤人，原本寬和不計較的王爺，笑吟吟的看著愛妻帶隊揍人，還遞絹子道辛苦。

難怪周幽王會亡國。

但是鶼姐兒簡單粗暴的手段，還是撞到了鐵板。住在靜心園的三侍妾不服，攜子前來哭訴。

她的心情很複雜。

可作為一個土生土長，還在慕容府精心鍛鍊過的傳統仕女，她還是按耐住一切複雜的心情，傳見了傳說中王爺的「愛妾」們。能不愛麼？都跟她們三個各生下一個小孩了。

她終於見到那三個愛妾。

然後，然後就受到一波嚴重得毀滅一切的震盪射擊。

眼前這三個膀大腰圓，胳臂可跑馬，滿臉橫肉的「壯士」……是、誰、啊？

不不不，以貌取人，孔老夫子都已經告訴我們絕對是錯誤的。但是看這三個開噱，完美的在地上滾的「愛妾們」，她的人生觀再次受到毀滅的危險。

……王爺，您的口味一定要這麼特別嗎？

提出她一生所有的涵養存量，終於打太極的將這三個「壯士」哄走了。她暈暈的回去跟王爺回報，王爺一臉複雜，默默的給了她一個錦盒。

裡面是三壯士的賣身契。

「她們是侍婢。交給妳處理了。」王爺淡淡的說。

……連妾都沒混上？王爺，不是這樣做的，生育有功，最少也給個姨娘……呃，等等，我也受不了她們嬌羞的那一低頭奉茶啊。

王爺羞赧，「宮裡的嬤嬤說，這三個最易有孕。也……的確。」沉默了大半晌，「其、其實我……並不想娶妻。那根本是害人……何苦害好人家的女兒？我既然有嗣……」

有了庶長子，好人家的女兒誰想嫁個空殼王爺？還是個病秧子。若是貧寒人家，最少嫁進來的新婦衣食不缺，也不算太對不起人。

誰知道父皇還是硬塞了慕容府的姑娘來，真是萬般對不住，現在又萬般捨不得。

慕容鷂，終於被擊沉了。

所有的真相，往往比想像還離奇一千倍。

王爺，不是吧？說好的裝病腹黑，面具後面的狂傲酷霸跩呢？說好的生死與共的愛妾呢？

向來非常健康的鷂姐兒，差點噴了半口血，哀怨的瞅了王爺一眼，扶牆而出。

這壯士和那壯士，還是有差別，哪怕表現出來沒差很多。

慕容鷂查看賣身契，才發現生下庶長子的江姑娘，是宗室的家生子兒，世代的奴籍。各生下二公子和三公子的趙姑娘和李姑娘，是宮婢，原本是良家子，選秀入宮，上數三代家世清白。

她眨眼兒，不應該啊。小選都是十歲上下的清秀小姑娘，為什麼趙李兩姑娘會是這種……壯士體格？

結果她跟照顧七王爺多年的沈嬤嬤混熟了，這個原是元后親信，看著七王爺長大的嚴肅嬤嬤對這個小王妃挺有好感，含蓄的表示，初入宮都是清秀小姑娘，但是人總有各種潛力，架不住往往食量大增和力拔山河的發展。

慕容鴒擦了擦汗。

可她不小心聽到太多實情的時候，只能尷尬的抹汗再抹汗。

說起來，都是七王爺無助的眼淚。

皇子通常都十五歲出宮建府。多病的七皇子慕容裕不受今上喜愛，當時元后還在，仔細考慮過後，還是主張他出宮了……實在後宮太凶殘，元后頂不住了。

元后實在是個聰慧沉穩的國母，可惜皇帝連最低及格線都沒達標，說他是昏君還是差點意思，只是常常精神分裂。這種思考時時抽風的皇帝，元后實在無法跟上這種電波系的思維，再賢慧也白搭，活寡守一年四季真的是意料之內的事。

這種情形下，元后再能幹也不能自體繁殖，以至於連個公主都沒有。

但她是個賢后呀，皇帝抽風她不能跟著抽，穩定後宮安祥之外，她也想著該選拔個合格的皇子養在膝下……大燕朝已經忍受了幾代抽風的皇帝，下一任不能再抽了，不然大燕要抽筋了。

結果看來看去，她心灰了。唯一不抽、賢達敏學的，居然是體弱多病的七皇子。真沒想到麗妃那不長腦漿的潑辣貨生得出這樣的兒子，果然天意不可測。

不甘心啊，就是不甘心，所以七皇子幾次病危都是她押著御醫硬從鬼門關搶回來，想盡辦法照料，不然七皇子還真沒辦法活到出宮建府。但是撐到這時候，元后真的吃不消了。

身為一個聰明智慧的正常人，長年處於精神病院般的後宮，看著丈夫姨娘到庶子都在各種精彩的抽風，精神面太摧殘，她整個都憔悴，不積鬱成疾都不可得。

就算自身難保，她還是希望能保住一點大燕存續的火苗。所以她跟七皇子說，出宮吧，帶兩個御醫走。什麼地方都比後宮安全。

於是一個有心疾和哮喘的十五歲少年，帶著兩個御醫，和一串子宗室府配發下來的奴僕，建府自立了。

然後，證明了宮外也沒比較安全。

初建府一團混亂，結果年方十五的病弱美少年……被比他大三歲的灑掃丫頭，吃了。

不知道是被下藥的後遺症，還是心靈巨大的傷痕，七皇子暈死了好些天，差點就去了。那個逆襲的灑掃丫頭沒有被處理掉，就是傷心的元后怕七皇子連個血脈都沒留下，才留了一條命。

結果七皇子救回來，但已塵埃落定，那個灑掃丫頭有孕，只能乾瞪眼了。

本來事態至此，梗著脖子也得噎著認下了。生了庶長子，七皇子身邊也需要人照應，元后實在鞭長莫及。誰知道這位江姑娘是個極品，宗室奴僕中幾乎都能跟她牽扯一點親戚關係，鬧著要當側妃，鬧得滿城風雨……

但她將七皇子認作軟柿子，那還真的錯了。他緩過氣第一件事情就是，把江姑娘母子往靜心園一塞，連踏出園子一步都不成，何況妾室的名分。然後跟元后要了兩個能生養的宮婢，破罐子破摔的又生了兩個兒子。

他也是有些自暴自棄，病弱至此又被深深侮辱，不想娶妻害人了。

這就是他有三個胳臂可跑馬的侍婢，真正的緣故。

慕容鴉還真的同情七王爺，也能了解，他為什麼搞個三國鼎立……長年臥病無力管理王府，只好讓那三個侍婢內鬥，誰也壓不過誰，亂中取序也。

對一個被嚼著吃掉的少年，能在羞憤欲死後這樣處置已經不錯了。

但是除了狂抹汗，她沒膽子安慰。

「……我這輩子呢，一定護你護到底。」她訕訕的說。

慕容裕滿眼複雜的看著自己的小王妃。他多聰明一個人，立刻察覺慕容鴉已經知曉……雖然沒有外傳，但也是王府公開的祕密。

沉默很久，他才艱澀的開口，「為什麼初建府時沒有遇到妳？」

別以為每個男人都沒有節操和底線哈。被人下藥著吃掉了，還是在這個病美人心底留下深刻的傷痕，很有些自以為不潔的感覺。

但此時的慕容鴉還要兩個月才及笄，能夠知道一點點，卻沒辦法那麼深刻的理解王爺心中曲折離奇的痛苦。

「王爺十五歲的時候，我才六歲呢。」她一臉莫名其妙，「那時我還小，沒辦法護著你呢。」

原本含著淚光的七王爺，愣然片刻，噗嗤一聲笑出來，最後越笑越大聲，嗆咳的差點勾起哮喘。

慕容鵷及笄那天，七王爺獨排眾議，替她當贊者*，取字雛鳳。

其實這很不尋常，甚至有些犯忌諱。開國太祖威皇帝，小字鳳皇。助其開國的傅氏雖然被湮滅於正史中，但民間依舊稱之凰王。皇室與勛貴世家，一直都避免直接取「鳳、凰」為名。

像是鵷雛，也是鳳凰之屬。卻沒將她直接取名為慕容鳳，可是王爺卻拿來當她的字。

慕容鵷有些遲疑，想想她的小字只有丈夫才會呼喚，也就沒逆著他了。

許多許多年後，慕容鵷成了鳳帝，就是從小字而來。

其實她本來想稱鵷帝，結果大學士開口就喊「宛」帝。她被學富五車的博學之士「有邊讀邊」刺激到了，立刻改成誰都不會念錯的鳳帝。

雖然言官一直很囉唆，老是提到重了威皇帝的小名，她都當作沒聽見。

念白字的人實在太多，她不想當「碗帝」。

此是後話。

當今稱號肅帝，其實論智商不低，只是精神分裂得厲害，隱隱有多重人格的趨向而已。

對七王爺呢，因為聽御醫說，活不到二十歲，他也就非常冷淡的不去浪費感情。到如今，年紀一大把，膝下只有七子三女，存活率非常悲情的保持在百分之三十三，不計流產數目。

這還是元后費盡苦心鞠躬盡瘁保全下來的，元后過世後就沒個皇子公主出生了。

大概是元后去後後宮亂得不成樣子，他突然懷念起這個嫌囉唆的髮妻。這一懷念就一發不可收拾，堅持不再立后還是小事，冷不丁的關懷起元后最疼愛的七王爺才讓人起雞皮疙瘩。

＊贊者：出自《儀禮・士冠禮》，幫助主人和賓客行禮的人。

瞧瞧七王爺好端端（其實病歪歪）的活過二十三，原想把那個說七王爺活不到弱冠的御醫砍了，可惜人家早早就過世，最後挖出來鞭屍了事。接著就開始慈父心暴漲，突然憂慮起七王爺的未來。

也就是為啥他會一時腦抽，硬跟慕容世家求個兒媳婦的主因。

他老人家想得也簡單，反正七兒病得多可憐，萬一太子哥哥登基不待見他，那不是讓人搓圓搓扁？世家譜第一的慕容府，這靠山夠硬吧？愣是終其大燕歷代潮起潮落，慕容府都屹立不倒，連他都得跟慕容家的人資政……有這樣的岳家絕對吃不了虧。

至於是哪個嫡女嫁進皇家，他一點都不關心。反正慕容府應下親事，就得認下這個女婿。

想像很美好，事實很淒涼。精神分裂患者的思維不一般，不要指望他們懂得什麼叫做面面俱到。

用膝蓋想也知道，連太子都沒能娶到慕容府的姑娘，憑什麼透明人似的病王爺有資格娶？更不要提肅帝為了表達慈愛，非常大氣的給七王爺親上封號，是為豐王。諸王裡的頭一份，其他人還是數字兵團的某編號而已。

皇家親兄弟炸鍋了。豐王府也迎來了無數探子，發誓要將豐王的假面具揭破，捅到父皇面前治個欺君之罪。結果發現，小七真的被心疾和哮喘雙重夾擊，人家沒有扮豬吃老虎。

但也不能白白看著呀。皇上開始厚賞豐王，三不五時叫御醫詢問病情，欣賞他們進宮發抖呢。諸位如狼似虎的皇兄別的沒遺傳到，倒是完整的複製了今上精神分裂版的抽風，更對自家父皇的腦洞有深刻的認識。

誰知道父皇會不會一時心血來潮，玩廢立太子的時候轉手把這寶座給了小七。

這群別的沒學會，後宮妃嬪爭寵手段學得淋漓盡致的皇家兄弟，開始想辦法抹黑豐王……然後發現這是難度很高的事情。

豐王能到園子呼吸新鮮空氣已經太強，出門接近不可能。家裡一百侍衛，諸王裡的最低標，還良莠不齊。能把王府看好，就算非常出色。身懷重兵有異心的，是諸王和太子的不公開祕密，這個實在賴不上小七，連作偽都沒得作。

與朝臣勾結呢？很抱歉，豐王有病在身，朝臣根本不會把眼珠子朝他瞄一眼。上下活動，鬧得一身汗的讓早早站邊的朝臣去設法勾結……結果愣是連大門都沒進去，人家王爺病著呢。

勉強有往來的吧，不是酸儒就是些腿上有泥的老農和商賈，沒一個上台面的，連官都沒買一個，這怎麼玩？

等到這些智商不怎麼出眾的皇子們終於想出辦法，豐王爺和小王妃已經圓房，成親都快一年了。這才後知後覺的想到，整不到豐王，總能整豐王妃吧？抹黑豐王妃，還可以順便把慕容府拖下水，順便突顯豐王病榻纏綿依舊不安分，完全一箭三鵰。

好歹豐王妃常出門，應有的應酬不像豐王一推二五六，更因為自家王爺身體不好，還得代夫出門，在長輩面前全了禮數。

太子和諸王不約而同的樂了，把這個神聖任務交代給自家的太子妃和諸王妃。最好刷成每日任務，務必把豐王妃的所有聲望值刷成負數。

作為一個宅鬥博士班出身的豐王妃慕容鴯，在歷經了王府包裝與內容物南轅北轍的震撼教育後，對於皇帝公爹的抽風和諸皇兄種種昏招與錯愛，衝擊感已經小很多了。

其實豐王若是有幸入史書，恐怕光記錄「大婚前三庶子」，就夠攤上一個「好色重於性命（重病體弱）」的名聲了，更陰謀論的還能說是「自污（好色、裝病）以自保」的猜想，誰能想到背後的來龍去脈如此淒涼。

當然細細思索以後不免納罕，堂堂鳳子龍孫，最尊貴的皇室一脈，手段卻是後宅婦人的爭寵那套……會不會太自輕了點？

怎麼會是散播謠言、刺探偷聽、抹黑嫁禍？這都是慕容府姨娘們玩剩的，這些皇子們還玩得挺樂。

想想不放心，精神分裂患者不尋常，誰能猜到異想天開又天馬行空的發展。一方面把那些只差沒在額頭上寫「我是密探我很隱密」的探子使人看好，一方面寫信去江南跟老爹請求武力支援了。

慕容鴝的老爹在府裡只是個庶子庶孫，地位不怎麼樣。但是要知道慕容府幾代嫡系都必須分出府過活，就了解她老爹慕容駿能穩穩的在慕容府管事，絕對不是尋常。

她老爹慕容駿，身世說來也是無奈。祖父慕容潛吃盡了庶子的苦頭，一心一意要生嫡子，髮妻結縭十載，連個女兒都沒有，最後是髮妻哭著跪求他納妾，才心不甘情不願的納了一房，又過七年才得慕容駿一個庶子。

慕容府嫡庶嚴明，沒有什麼記在嫡母名下，庶子就是庶子，沒得講。慕容潛只能眼睜睜看著獨子重蹈他過往的覆轍，心裡已比黃連還苦。庶子庶孫，更是艱難。所以慕容駿的髮妻生下鴉姐兒就撒手西歸，慕容駿就養著這個女兒，既不納妾也不續弦，旁人不理解，慕容潛倒是非常明白。

慕容駿這個人，倒是個奇葩。他年少時是個小有名氣的游俠兒——武力值很高的混混——中二病一發不可收拾，跟他爹鬧了幾次想分家出去。誰知道他在某個宗室子弟想侵吞慕容府田產時，熱血上腦，一打九還把那九個主僕都扔到泥塘裡，差點兒就被官府抓去關了，沒料到慕容家主出來硬頂，換慕容家主被逮去關了兩天。

從此慕容駿就被收服了。慕容家主也對他很好，頗有重用。

但脾氣收斂了嗎？沒有。駿少爺一戰成名，別說世家，連宗室子弟都躲著走。誤關了慕容家主，一串兒有關係的官全完了，那個挑戰慕容府的宗室子弟，差點被自家爹打掛。

腦袋沒腦漿才去跟慕容家的駿瘋子死磕。

哦，真有個沒腦漿的郡王挑釁。慕容駿也沒怎樣，只把郡王的愛馬弄死了——抱著馬脖子掀翻——告御狀皇帝眼皮都沒抬，直接口諭給慕容府壓驚……這下連沒腦袋的人都不敢上了。

慕容家主頗能知人善任，很重視慕容潛和慕容駿這對暴躁卻心正的父子。雖然說在江南打理產業前，慕容駿將鵪姐兒的婚事託付給家主，但要嫁給七王爺，家主還是去信問了，慕容駿點頭才辦了婚事。

慕容駿也不是毫無思量，也親派人去打探七王爺的底細。眼前看雖然不很好，但他一直都是很有見識的人。皇室越發荒唐，近二十年已經接近荒腔走板，奪嫡戰亂絕對沒有辦法避免，誰知道要亂多久……要不在京幾百年的慕容府也不會將產業漸漸挪到江南。

恐怕真的亂起來，慕容府都會被波及，世家百官站錯邊兒，都是傾覆之禍，六分之一的機會，跟玩俄羅斯轉盤按左輪手槍的機率相差也沒很遠。

到時候就算女兒姓慕容，夫家一個不對就是抄家沒入宮廷或發賣的倒楣。

七王爺卻是個特例。新皇上位，往往對病弱殘疾的兄弟多有優待，以示皇恩……

表示皇帝很寬宏大量，友愛手足（不想友愛的都砍了）。

一來王爺的病尚有可為，二來驚濤駭浪不過表面凶險，事實上是最安全不過的夫家。

他只有這個女兒，哪裡不替她打算精細。

說起來，慕容駿雖然不是諸葛孔明，起碼也是個小徐庶，的確推算得很精準。不是武力值高強而已，智商也是突破天際。

可惜的是，他將諸王和太子估得太正常。

接到女兒的信，他很鬱悶，然後憤怒。捲了捲袖子，他請老爹慕容潛鎮場子，快馬加鞭的趕往京城，一路不知道累趴了多少馬。

作為豐王的岳父，慕容駿是相當稱頭的。

他二十初得女，現在不過三十許。身為一個武力值相當凶殘的前任游俠兒，體格是一等一的好。狼背蜂腰，一雙狹長的鳳眼精光四射，一整個演繹何謂淵渟岳峙，氣度儼然，端得是慕容府出身的世家公子。

慕容鵷跟她爹有八成相似，可以想見老爹的相貌好到什麼程度。到這把年紀，還有青春少女想著給他當繼室，病相思的在所多有。

當然，這也是為什麼慕容府是第一世家，幾百年屹立不搖的薰陶所致。

瞧瞧，當年在恆寧、政德兩帝時翻雲覆雨的京城馮家今日如何？不知道淪落到哪去了，世家譜早被擠下來。現在提到馮家，只知道順德馮家，哪有京城馮家什麼事。其他世家也差不多，大浪淘沙，跟慕容府同時上世家譜的，至今猶存的不過十之二三。

何以故？唯家教嚴不嚴正耳。

別看慕容駿是庶子庶孫，年少時還是能掀翻馬的渾貨（當時郡王還騎在馬上），該教該學的一樣都沒落下，嫡庶都一樣。

慕容長房主意非常正，慕容府出品，誰會問嫡庶啊？惹出事情來舉族蒙羞，斷然不可以。從小就是聚在一起勤管嚴教——先生都請了，一個也是教，一群也是教不是？

內宅惹出點小風波，還可以說是預先為嫁人未雨綢繆，子弟卻絕對要把心拉正，儀態要訓到十二分。走出去紈褲點還可以贊聲風流，反正大丈夫不拘小節，大義絕對不能虧，失分毫禮數都是打臉。

這可不，慕容駿少年叛逆一陣子，中二病發作完全，卻沒人真能從禮數上給他挑毛病，公開鬥毆也是為了維護家聲。現在收心浪子回頭了，端得是文武雙全，翩翩君子——最少表面上是如此。

中二不是病，發作要人命。駿爺不過就是年紀大了，將發病次數減少到不出手則已，出手必是一擊必殺的程度，所以才被人誤會成好人。

現在他就覺得拳頭有些癢，滿能將那起子蠢皇子，連人帶馬的連掀六匹。

但是超級進化的中二病患者挺能沉住氣，先遞帖求見，禮數周全的見了豐王爺……暗暗的被震驚了一把。

因為是沖喜進府的，時間有些來不及，慕容駿趕得要死也沒趕上婚禮。回門因為豐王病著，慕容駿乾脆到王府探望。皇室普遍相貌好，他這女婿更沒話說……可病得只能躺著，同行的神醫再怎麼說能養著，他這心也是愁的呀。

誰知道還不到一年，王爺女婿能到院子外迎接他了，雖然還是病西子的模樣，起碼氣色好了一倍不止，嘴唇讓人擔心的泛紫也沒了，即使發白顯得氣血不足，那也比心疾要命好多了不是？行動滿顯貴氣，威儀有度。這女婿還真沒得挑了。

忍不住望了女兒一眼，莫不是女兒命貴，還真沖喜成功？可他親手推過女兒命格，也沒看到太出奇啊……難道是他學藝不精？

於是老爹的思維往大宇宙漫遊了。

難得他如此漫遊，還能把禮數周全，甚至看王爺有些不支，告退和女兒喝茶去了。

事實上，沖喜還沒這麼神奇。只是那麼剛好，豐王和王妃對上眼了，一見鍾情宛如天雷勾動地火，一發不可收拾，未來還會禍國殃民……咳，沒那麼嚴重。

但豐王說到底，實在是個憂國憂民的好青年。元后教那麼多孩子，他是唯一受教不跟父兄一樣抽風的。上數歷代君主，他最崇拜的就是政德帝……雖然史家含蓄的給政德帝一個「清奇」的評價。

沒給政德帝直稱流氓，其實是史家給面子了。「清奇」自然不是什麼好意思，堪得上半褒半貶。

所謂清，人家政德帝後半生後宮都不進了，明面上的女色那可是非常清白……可他跟馮宰相到底是怎麼回事呢?!連累得馮宰相只得一個「能臣」，當不了良相了。這也就罷了吧，但你禪讓後帶在身邊寵愛的怎麼是個絕色暗衛啊？太上皇不理朝政使人無二主是很好……你他媽明晃晃的寵愛男色還專情是怎樣？

女色清白，男色太不清白了吧?!

至於奇，真的政德帝就是流氓界的奇葩，沒有之一。所謂「凡戰者，以正合，以奇勝。」但政德帝他老人家只有奇兵，什麼是正？可以吃嗎？他一輩子就是個歪貨，最出名的就是摔冠冕喊不幹，朝著乞和的北蠻耍流氓……

這還不奇麼？

可深受元后薰陶，完全可以稱得上儒雅君子，愛讀史關心國政的豐王，最佩服的卻是這個流氓皇帝。雖然放蕩不拘小節，卻把日薄西山的大燕原地滿血復活了。可說大燕的盛世，是由政德帝和煒帝兩代聯手打造，直到現在還是吃著他們父子積下的老本，才沒在幾代昏君手下把大燕給玩沒了。

他巴不得去給流氓皇帝當臣子，也一直以馮宰相為標準的要求自己。

志向很美好，環境很絕望。

他爹是個精神分裂，幾個哥哥，更是少年病發，看不到痊癒的跡象。就算他願意輔佐，也得他爹和哥哥願意給他扶啊。偏偏他心細，看邸報只覺得天災人禍層出不窮，人禍占大部分，禍根不是他爹就是他哥哥。百姓一年過得比一年慘，只差沒易子而食了。軍備不整，糧草不濟，邊境日益收縮，他的哥哥們還只愛搶兵權。

豐王的哮喘若青春期能養好，其實長大不太會發作。心臟雖然有毛病，但宮裡有最好的御醫，控制情緒不要大喜大悲，別劇烈運動，活到一般人的平均壽命也不太難。

可惜他聰明睿智，很有當皇室子弟的責任感，卻受困於先天不良的纏綿病榻，心情不免鬱鬱。越大越明白滿腔抱負無法伸展，憂國憂民卻無計可施，更是蒙上陰霾。被強悍的吃掉已是人生最大屈辱，更遭逢了母妃過世，到此已經承受不住。

緊接著他最敬愛的母后也去了，心靈支柱崩塌，他終於被擊垮了。

正要很古典的抑鬱而終時，誰知道老天爺來個急轉彎，突然賜下他人生最燦爛的陽光，讓他一整個措手不及。

鵷鶵的好，是怎麼說都不夠的。又聰明，又機巧，越了解她就越捨不下。世間怎麼能有這麼好的人，好得這麼適心洽意，甚至比任何男子都聰慧，又比任何女子都纖婉。

偶提正事，她都能觸類旁通的提出一番見解……明明她對政事沒興趣，卻會為了他多懂一點，就為了讓他能暢所欲言。

他怎麼能有這麼好的妻子。

（當然，咱們理解的，情人眼底出西施。）

結果不關沖喜什麼事兒，只是王爺沐浴愛河，心情好了，他的病幾乎都跟情感有點關係，兼之重拾了求生意志，看起來就滿像沖喜成功。

他可憐的岳父當然不能理解豐王曲折離奇的心路歷程，還航向大宇宙的試圖溝通求解。

慕容鵷看著表面看起來正常，事實上已然神遊物外已久的老爹，輕輕嘆了口氣。

終於明白，為什麼王爺讓她很有親切感。

原來她爹也是心眼多得跟篩子一樣的人，而且網孔非常細，數目非常多。

這是怎樣的一種命？

她掩面。

女兒一掩面，立刻把慕容駿幾乎飛往大宇宙盡頭的思維瞬間喚回了。

一輩子只有這個女兒，真是疼到刻骨銘心。但是身為一個想太多的隱形中二病患，他又死死的端著嚴父的架子，明明是萬般為女兒著想，卻啥都不解釋。

連讓女兒七、八歲就管家（人要磨練須趁早），將婚事託給家主（靠他一個庶子庶孫談不到好婚事），和父親離開女兒，遠赴江南打理產業（加重在慕容家的份量……順便刮油水置份產業當退路），答應豐王這門親事，諸如種種，都非常悲劇性的扛下非議，沒對女兒解釋過一句。

明明他的兒都能心領神會，樣樣幫他周全過來，他還是很酷的繼續裝著。

「兒，有什麼不妥？」心裡緊張，臉還要維持雲淡風清。

是的。老爹總是喊她「兒」。可說她兒子閨女一肩挑，在她老爹心目中就是這個地位。連教養她都是這種標準，既是兒子亦是女兒。

「阿爹，狀況有點不對。」對她爹向來坦白……沒辦法，她老爹是個沒事都要想出一朵花的細心人物，若是講個半遮半掩只會想太多。她明白的說了探子和沒事跑來拜訪的朝臣，對精神病患的內心世界表示無法理解。

她老爹思維多廣的人，邏輯能力又強，堪稱大燕朝的福爾摩斯。加上他本身有著狂飆中二的少年時代，曾經不正常過……話說只有不正常人類才能理解精神病患。

慕容駿的俊臉立刻沉了下來，真情流露，「我這就去掰了渾小子們的六個馬脖子！」順便把那群不著調又愚蠢的皇子砍成碎片。

鴒姐兒沉默。她非常了解老爹的中二病只是潛伏，從來沒有痊癒過。現在唯有沉默，別刺激她老爹發病。

她一點都不懷疑老爹能辦出這種事來……而且會安排得天衣無縫。可氣是出了，後續麻煩多不可數，更沒根本的解決問題。

所幸她老爹發完脾氣，就把真性情收起來。「女婿沒得下手，只好朝我兒下手了。」

她立刻一陣無力。「……王爺眼前看著還好，其實是秋日和煦。」她真不好意思告訴老爹，王爺和她圓房差點厥過去的事情……心臟負荷不了。諸般功能非常齊全，只是身子骨太弱。她擔憂得連疼都感覺不到疼了，只能求王爺悠著點，別太奮發。

「防著誰也不該防著王爺。」鴝姐兒抱怨。

慕容駿自悔失算，又惱怒慕容皇室從父到子的抽風，「那門子父子腦漿湊在一起不到二兩！」

重新評估那群抽風貨，慕容駿深思，「兒身邊須帶幾個得力人。」想想又欣慰，女兒早早的聚起一票武力值還可以的勇婦，只要再琢磨即可。「放心，父親給妳幾個，好生操練……我怎麼就沒教妳武藝？只會拉弓管什麼用。」慕容駿真心懊悔。

鴝姐兒再次沉默。老爹說世家小姐不該耍刀弄棍，連弓箭都是慕容府慣有傳統，另請師傅教的。內宅女子長年不走動，弄得個個弱柳扶風，一場傷風就可能病危，更不要談生產。慕容府講求實惠，閨女都得學張弓舒筋。

明明師傅都稱讚她有學武的天分，奈何老爹不鬆口。

「阿爹，跟我來往的應該是命婦。」頂天了就是太子妃和諸王妃，她是想要幾個有本事的婢女防身，怎麼叫她操練娘子軍？

慕容駿嘆氣，「我兒，妳向來是個懂事的……哪裡明白那些自驕身分的蠢蛋？眼前頂多是為難，日後不好說了。」

現在是探子，以後難保不會出刺客。刺客不成誰知道會不會搞「盜匪」？他也就瞟兩眼，這幫王府護衛給他牽馬他都不要。

鴒姐兒倒是會意，不禁緊張起來。她老爹雖然有些愛裝，卻向來高瞻遠矚。雖然她將來會是慎謀能斷的千古一帝，現在不過是個十五歲的小姑娘，還不怎麼清楚有些人能夠不斷的刷破自己的下限。

「阿爹，那該多少人手才好？」

慕容駿掂量了下，「招護院不頂事兒，出狀況恐怕只能收屍。再說，擴編王府護衛，一來犯忌，二來妳不好親手管。倒不如招些勇婦……我看招個五百就差不多了。」

鴒姐兒差點嗆到。

後來她爹真的送了一打的女侍衛給她，個個身懷絕藝。就是這一打的女侍衛當師傅，真讓鴒姐兒訓了一支滿員五百的娘子軍拱護後宅。

的確男女體力有別，但亂拳打死老師傅，一湧而上，除非攻入後宅多過百人的「盜匪」，不然管叫那些敢來犯的有去無回，外人還難以說出什麼不是。

只能說她老爹慕容駿非常有遠見，這批娘子軍真的起了莫大作用。

初冬天子生辰，兒子兒媳自然要赴家宴。慕容鶲的首戰，就在剛落雪的京城丹陽道。

天氣一變，豐王立刻誠實的反應，喘咳連連，鶲姐兒哪肯親親夫君外出受罪。

彼時娘子軍尚未訓成，只到令行禁止。但是取其精壯三十名隨車，聲勢也夠浩大了，何況當中十二名真有本事。

至於一頭撞上來的二王妃，用得是最古典最沒技術的「爭道」，非常小家子氣。最好爭道得翻了豐王妃的馬車，讓她丟個大臉，或傷或殘是最好的了……反正可以推雪滑難行。

結果後行的二王妃車駕，護衛逼上來的時候，被豐王妃的娘子軍揍了個鼻青臉腫，驚到的是二王妃的馬車，結果還是豐王妃的「侍女」騎馬來救，立斬了座馬，才沒讓二王妃連人帶馬車撞上坊門。

豐王妃一戰成名。

這官司打到御前也沒討到好，豐王妃一臉不解和委屈，「護衛不力驚了二皇嫂車駕，莫非怪妾身不該使人救皇嫂？這可不能，怎能眼睜睜的看著。」

肅帝只是抽風，不是智商有明顯缺陷。再說現在他對豐王慈父心正盛，對豐王妃當然愛屋及烏。

也就是說，護衛被打了也是白被打，二王妃撞得額頭都青了，被無頭馬嚇得好幾天睡不著，也是白饒。

這類的事情發生兩回，結果都很爽利，連太子妃的護衛都被打成豬頭。戰鬥力簡直飆破天際……終於讓他們想起，慕容鴝可是慕容駿的女兒。

果然虎父無犬女。

雖然仇恨值節節升高，但這群普遍智商不太高的諸王和王妃，心底先是怯了，卻沒想出什麼中用的好方法。

慕容鶲基本上是祖父和父親養大的，猶受父親影響最深。她老爹最鄭重教她的準則就是：明己長短，知人善任。然後以身作則的示範。這說起來容易，要貫徹卻很艱難。但她祖父和老爹都是慕容府管事人，聽起來似乎不過是個大管家，實質上深刻太多了。

管個帳面銀錢不過是帳房之流，兩代都被家主信賴，管的當然不是那麼淺薄。打個比方來說，慕容潛父子的地位宛如紅樓夢裡的賈璉（不是指紈褲的部分），卻比賈璉位高權重。

第一世家慕容府光下人就得以千計，佃戶護衛的數目瞞得死緊，數字驚人。當中的人事管理和教育篩選，幾乎都是慕容潛父子的事情。

事關重大，沒辦法交給家奴去做。交給嫡系，恐怕會有內部分裂的憂慮。通常都是家主交付給幾個遠族分管，相互統轄制衡，統總和京城部分交給心腹——庶支的慕容潛和慕容駿。

鶲姐兒從小看著老爹如何識人、用人、訓下。她從管自己的小家開始，就知道從閒置奴婢裡淘選各種長才彌補自己的不足，打磨著御下之術，當威壓的時候威壓，當禮賢時禮賢。

所以她到王府一被奶娘啟發，立刻領悟聚村婦用拳頭打破混亂渾沌，可說是她父親身教言說的最大實現。

以前她是知道老爹幫著慕容府培訓各種人才，只是不大明白為什麼會特別培訓一群武力超群的少壯婦人……現在總算是明白了。內外禮防所限，禍起蕭牆之內，後宅婦人總不能連個防線都沒有，進個賊都得等死吧？

後世總對鳳帝各種驚世絕豔天縱英明感到各種不了解，明明只是個慕容遠族庶支出身的偽嫡女。但有許多史書沒能著墨的地方，才是真正的遠因近果。

當然，連此時的宗室勛貴世家，也對這個及笄沒多久的豐王妃各種摸不著頭緒。

還別說，皇帝父子抽風得仇恨值非常高，但是勛貴世家和宗室卻沒膽子朝他們出氣。這就好比玩魔獸老是被部落殺，偏偏仇家是絕世高手。氣得肺都要爆了，只好殺其他部落湊數，然後就能眉開眼笑的關機睡覺了。

這種事沒道理可講，只能說是人的劣根性之一。柿子挑軟的捏，並不是軟柿子做錯了什麼。

所以豐王妃被諸王妃和太子妃針對時，其他人眉開眼笑，等著要落井下石。結果發現這個才十五歲的小王妃出手凶殘，出口也非常凶殘時，真的驚悚了。

就好比想去打旁邊的部落湊數，結果人家是絕世高手中的高手，反而被守屍無數次的驚悚。

於是跟她祖父和阿爹同輩的人，浮起了慘痛的記憶……他馬的是慕容潛的孫女，慕容駿的女兒啊！總不能他們父子去了江南，就忘了他們的凶暴吧？

慕容駿如果說是張狂，他老爹慕容潛就是陰險。

慕容駿當街掰馬脖子讓郡王摔馬兼死馬，慕容潛當場不會發作，只是得罪他的人會被蓋布袋，還蓋在特別不好說的地方……比方說花街柳巷。至於其他種種使絆子吃暗虧，只能將苦頭嚥下去，怎麼也抓不到證據。

慕容雙煞的女兒會改吃素？你見過老虎崽兒吃素的嗎？

一時風平浪靜。

太子和諸王呢，是被麾下謀士勸住了。一開始謀士們就不約而同的頭疼，死都不肯摻和進來。你說針對豐王圖什麼呢？你總留一個沒威脅的兄弟表示仁愛吧？拜託啊，真正的敵人是其他健康得活蹦亂跳的兄弟啊！就沒見過比這投資報酬率還低的。

各事其主的謀士們為自己主子的ＥＱ和ＩＱ同感一悲。

於是被豐王妃搞得灰頭土臉的太子和諸王就勢消停了。

其他宗室勛貴世家也跟著消停了。倒不是有謀士勸諫，而是慕容雙煞勾起他們慘痛的記憶，豐王妃鳳眼冷冷看過來時，非常有她父祖預備發飆時的神韻。

豐王聽到一點風聲，憂慮的問，「有事告訴我。我替妳出頭。」

「沒事呀。」鴝姐兒笑了，偏頭想了想，「我不知道我爹和我爺爺還小有名氣……挺能鎮得住場子。」

「不要瞞我。」豐王心情很低沉。就因為他是個無用王爺，誰都想上來踩一腳。連他的妻都受累。

「阿豐，」她聲音放柔，原本凌厲的鳳眼沁滿情意，「這世界上只有你能欺負我。其他人……下輩子看看有沒有機會。」

豐王的心都化成一汪春水，握著她的手，不知道如何是好。「……鴝鴝。我永遠不會欺負妳。」

但是在這樣燈光美氣氛佳的時刻，他表達愛意的方法是……豐王對王妃講解「鹽鐵策」。偏偏王妃還很受用，認真聽講也認真發問。

只能說神人夫妻與我等愚蠢的凡人有巨大差異性。

* * *

隔年十月，終於發生了一件大事，完全吸引了肅帝的注意力，徹底把豐王置之腦後。果然帝王的寵愛今日朝東，明日朝西。

妻妾連生六個女兒的太子，終於有了兒子。而且這個珍貴的兒子，還是太子妃所出。

普天同慶薄海騰歡，肅帝樂得嘴巴合不攏，對太子的慈愛猛上了好幾個台階，一整個父慈子孝，抱著肉呼呼的嫡皇孫，完全忘記要玩廢立太子的遊戲了。

諸王進入紅色警戒備戰狀態。

豐王？那誰？重要嗎？立刻把這個被父皇遺忘的傢伙忘到天邊海角。

鶵姐兒沉默。她覺得，把皇室定義成「後宅」是正確的做法。以前果然想岔了，把這些皇兄估得太高。

至於為什麼這些皇兄連男人的思維都沒有，全成了姨奶奶爭寵狀態……這就不是她能理解的了。

她畢竟是個正常人。

慕容鶵十四歲嫁入王府，到十七歲的時候，已經將豐王府治理得井井有條。她自己覺得，這樁別人不看好的婚事，太值得。

果然她的審慎樂觀沒有背叛她。

王爺對她，真是沒得說的好。病弱就病弱吧，總比強健嗜好是出各種狀況來得好。誰家娘子可以遇到一個百分之百支持，又全心愛顧的夫君。

至於王府，不過是治家。憑她一個宅鬥博士班殺出來的慕容女，治家點數絕對爆表，治個王府而已，小菜一碟。

連那些皇兄皇嫂的麻煩，在抓住「姨奶奶爭寵」的中心思想後，根本連麻煩的邊都擦不上。現在好了，太子和嫡皇孫拉住所有的仇恨值，她和王爺可以安逸的裝死，連輸出都不用了。

而那三個侍婢……在靜心園乖乖蹲著吧。

這倒不是她被穿越或者重生了，有現代女人的堅持和對專一的要求。作為第一世家出身的慕容女，她自然保有非常傳統的後宅觀，甚至冷靜的保持在更高的層面上。

正妻安排妾室侍寢，這是責任所在，不得推托，安排之後還得跟夫君商議。不那麼嚴謹的世家子弟說不定就笑納了，但是真正一流的世家，作為夫君的會把大多數的時間安排給正室，一個月在妾室那兒頂多就十天，還會安排在妻室小日子來的那段。

就拿慕容府來說吧。再荒唐的子弟，跟妻室情感再不睦，還是得捏著鼻子照這個規範，裝出相敬如賓的假象。寵妾滅妻可是大殺器，其威甚至代表出門能不能抬起頭。

就算是在花街柳巷睡一年三百天的紈褲，也得咬死跟老婆「感情甚篤」，在外流蕩是「娘子寬容」。連這種人都能昂首輕視寵妾滅妻的傢伙，自覺品德非常高尚。

這種內宅規矩，慕容鴗摸得非常明白。

但是王爺有妾室嗎？很抱歉，沒有。只有給妾室安排侍寢的，從來沒有給侍婢安排的。侍婢是什麼？說白了就是通房丫頭，重點還是奴婢。豐王非常狠的硬是不給名分，能夠讓侍婢在靜心園優養已經是生育有功了。

趙、李兩姑娘倒是很能接受。她們倆本是好人家的女兒，就是家裡窮了點，但多少還懂點規矩。能從吃人的皇宮逃出一命來，膝下有子，已經算是最好的結局了。

雖然在無政府狀態的王府學壞過，但軍權政府一建立起來，頭兒還算是明理的，立刻幡然醒悟了，找到自己的位置，舒服的過日子。頭兒還准她們幫著打理小公子的起居，一天可以見兩個時辰，再沒什麼不足的了。

但剽悍到能吃掉王爺的江姑娘，明顯不能接受。幾代家生子，還是泡在宗室府這環境的，實在也不能完全怪她。慕容府是規矩禮教日益嚴厲，慕容宗室則是一年年蕩然無存，耳濡目染，完全信奉適者生存不適者淘汰，盡得宅鬥裡最陰暗一面的精髓。

可惜，豐王妃和侍婢間的實力差，只能是豐王妃單方面碾爆。

慕容鷚根本不跟她廢話，犯上沒得說，打。五板子還吵，拖下去再打五板，二十板下去，立刻老實了。敢唆使大公子來吵，拖出靜心園繼續打。非常粗暴直接，有禮教撐腰，用拳頭說話。

可惜有這樣的生母，大公子對她總是抱有敵意。

事實上她也只比大公子大六歲……很悲情的差距，原本就不容易讓這個養歪的小鬼信服。但指望她顧慮「打老鼠傷了玉瓶兒」，那就錯了。治家以禮教規矩為先，哪能有任何屈從。

結果也還可以，最少表面能順從了，各分了院子，找來兩個先生日夜洗腦，還是挺有效果的。

晨昏定省，乍看有模有樣，問起居功課，也能恭謹的對答如流。

不管是誰生的，大義名分上都是她的孩子。既然已經花錢花心力教養，九十九步都走了，幹嘛不乾脆走個圓滿。

什麼？將來她所出嫡子被欺負怎麼辦？拜託，她慕容鴝的親生子，居然不能收服庶兄成為助力……不是她有問題，就是她的親生子有問題。

瞧瞧慕容家主。她的親生子不到這種程度，她真該找條繩兒自尋個乾淨，人生太失敗。

豐王看著鴻姐兒一本正經的問三個公子功課，暗暗的熱淚盈眶。他的王妃儼然是個小元后。

他原本性格就剛毅倔強，只是心疾哮喘都不是能發急的病，才憋出看似溫軟的脾氣。被吃掉這件事點燃了他的爆點，這才又置侍婢，冒著會死在床上的危險生子，不使母憑子貴。

當時他太年輕又憤怒，三個孩子生了，他連看都不想看一眼。元后過世萬念俱灰，甚至偏激的想，這種出身出息了也不過招忌，糊塗無用還能平安當個紈褲閒散宗室。

他就是學太多，知道得太多才自苦若此。

鴻鴻讓他深深反省，而且內疚。他內心深深鄙薄父皇的作為，事實上他也跟父皇同樣生而不養，對孩子薄情寡義。

慕容鴻就被他說得好笑，「父皇向來康健。」他可沒先天性心臟病兼氣喘。「用心永遠不嫌晚。」

豐王突然感慨，若早知道鴝鴝是他人生最燦爛的陽光……他開府時就該去慕容府把那個六歲的小姑娘搶過來。

真怕跟她相處的時間太短。

所有的一見鍾情，往往在瑣碎繁複的生活裡，人生觀和志趣不合漸行漸遠，一點一點磨損好感值，最後當機順便把主機板燒了。

豐王和慕容鴝，可以說是運氣好到爆表。一見鍾情再見傾心，在好感度滿載的時候，發現兩個人的人生觀和教養幾乎一致，兩個人對對方的要求不高，偏偏都能做得比對方想像的還好三分。

憋得連個講話的人都沒有的寂寞豐王，和習慣操心祖父老爹的鴝姐兒，真是一拍即合。豐王喜歡教妻，生平最大抱負終於有人可以傾訴請教，樂事也。鴝姐兒御下有一套，也讓纏綿病榻、這方面接近白紙的豐王頗感興趣。

而遠在江南的岳父，也常常捎來他的關心，愛屋及烏的對王爺挺好。讓這個欠缺父愛的王爺非常感心而溫暖。

大概是女兒嫁了，慕容駿端著的嚴父架子塌倒。奔赴京城看到出嫁的女兒，讓這個想太多隱形中二偷偷哭了一場。

再也不繃著了，有什麼好東西就往王府送。渾然不覺小夫妻倆研究政治有什麼不對，坊間有關的書，送。坊間沒有的書，涎著臉跑去人家磨著手抄，還是送。

發現女兒女婿喜歡閨中大學士傅佳嵐的作品，直接衝去江南陳家，死皮賴臉攀交情不要臉皮的結交，讓磨不過又無可奈何的陳家家主，給了他一套，還是眼巴巴的送去王府。

最後不但把打過仗、粗通兵法的老兵送去王府，幫著女兒操練娘子軍，能挖到的兵法也一股腦的給了。

無他，女兒女婿喜歡。多做點學問有什麼不好？

收到女婿送來的擺飾掛件，女兒送來的狐裘衣襪，天天穿日日穿，巴不得有人問，顯擺得讓他老爹慕容潛都看不過眼，把他揍了一頓。

「悠著點！不穩重！」他爹發火。當祖父的也收了，就沒他那麼顯擺。

慕容駿忙著整理衣冠，仔細看有無破損，才氣定神閒的說，「我兩個兒想著我，哪裡不穩重？你的兒都沒送呢。」

氣得他爹提起拳頭又把這不孝子再揍一頓。

中二爹回去胡亂抹點藥，又收拾了好幾匣的珍貴藥材和幾天積下來一大疊厚厚的信，往王府送去，此時已經是初夏了。

都怪他女婿的娘，怎麼不足月就生了他，胎裡帶來的病。眼看著一天比一天熱了，大暑時女婿心疾總要犯幾回，說來真是心疼。

結果王爺女婿還撐得住，宮裡的皇帝撐不住了。

他病了。

一開始不過是春夏交際，忽冷忽熱傷了風，皇帝自己都沒當回事。愛妃侍疾，結果多訴了幾回枕上相思……好了，快六十的人，年紀有了，底子淘得半空，這病不就開始反覆，一耽擱二耽擱，竟然漸漸重了起來。

至於當中是哪個兒子，還是幾個兒子想加快流程，那已不可考。總之進宮探視孝心非常熱切，太子更是衣不解帶十分殷勤，私底下卻開始準備得非常周全，再三沙盤演練。

結果一拖二拖，都進入仲夏了，皇帝看著病得厲害，卻好像幾個月內不會掛了。

太子看看，孝子賢孫也做夠了，總不能什麼都交給屬下，自己該去主主事。回去不免要跟謀士聊聊，慰問一下各位辛苦了，發現一切妥當，盡在掌握中，大悅。

想想快四十的人了，老爹還霸著皇位不放。現在好了，只差一步就坐上龍椅。做皇帝好啊，可惜做了皇帝就不能外出冶遊了。太子殿下懷著緬懷的心情，往花街柳巷看眾相好去了，免不了放鬆了許多，也懷著「最後一次」的想法，吃了點春藥助興……

真的是最後一次，他老人家倒在女人肚皮上掛了。

至於死因，最有可能是藥劑過量，事實，待考。

太子暴斃，這可是國之大事。宰相府的大門被敲開了，然後盧宰相就懵了。什麼？

等逼問出真相，盧宰相只感到一陣陣暈眩。他第一萬次腹誹，定是前世八百輩子造孽，才給你們慕容皇室當宰相。

年紀和肅帝差不多的盧宰相倉皇的整裝往宮裡去，思忖著怎麼把這壞消息緩緩的告訴病重的皇帝……先告訴他還有六個兒子好了，嗯，除開那個病秧子，其他五個蹦達得很抽風很精神呢，讓他不要急。

結果到了皇宮，皇帝才召見他呢，只見一蓬首垢面嚎啕不已的妃子搶身而入，跺腳大哭，「皇上，定要給我們兒報仇啊！太子被害死了！」

完了。

衝進去一看，皇帝搗著心瞪大眼睛，喉頭咕噥兩聲，駕崩了。

盧宰相炸了。皇上，皇上，您怎麼了？最少您留句話啊皇上?!人死不能復生，心肌梗塞這時代救不回來的，宰相您節哀。

於是一句話都沒得到的盧宰相茫然了。

但事情總要做啊，已經給慕容皇室拉了十九年犁的老牛盧宰相，忍住悲痛，趕緊遣人去招諸王回來哭喪。嘿，別說他派出去的人，連各宮娘娘派出去的太監都沒能出宮，連他自己都被堵在宮裡了！

這一堵，就是一天一夜。等能出宮的時候……他終於哭了。

諸王雖然沒有組團，但滅團了。

盧宰相那個傷心啊，真的已經傷到五臟六腑。你說你們連同室操戈這種事都幹不好，還能幹啥啊？你們好歹活一個下來啊，怎麼就相互滅團了？自己滅團就算了，為什麼還記得把對手滅門啊？連嫡皇孫都掛了……

怎麼辦？

雖然知道這是一門抽風貨，但是盧宰相好歹也伺候了十九年，堂堂四朝元老……十九年四朝元老！這十九年誰知道他是怎麼捧著心過的啊?!各種怪現象，只把他當老牛拉犁，沒人跟他商量一下啊！

你說說那兩年三天子是怎麼回事？為什麼能夠兄終弟及了四代？發揮得還真淋漓盡致啊靠北！

老子不幹了啊不要幹了啊！第二十年變成五朝元老，這個記錄太輝煌，老子受不了啊！

盧宰相哭得那真是撕心裂肺。百官以為他為父子殞落傷心，卻不知道他是被這門抽風貨蠢哭了。

在皇室一連串抽風事件：太子暴斃、皇帝驟死、五王相愛相殺全滅後，倖存下來的只剩下病秧子的豐王。

豐王狀況也不太好，這會兒病著呢。被大伙兒心知肚明的「盜匪」攻入豐王府，兩百多號人。只是這兩百多號人來自各方勢力，自己先殺了個天昏地暗，然後被豐王府一票娘子軍殲滅了，這才保住最後的一個血脈。

但是看著面如金紙的豐王，作為百官代表的盧宰相老淚縱橫。一轉頭看他三個兒子……最大的才十一歲。哭得更淒慘了。

難道他會變成前無古人後無來者的六朝元老？史筆如刀，他真心受不了啊。

豐王妃冷靜的抽了豐王的帕子遞給盧宰相，表面很鎮定。

事實上，慕容鵷已經在心裡罵了五百遍的靠邀，順便對這門抽風貨的戰鬥力唾棄一萬次。

肅帝駕崩，新任皇帝皇后哭喪，場面非常壯觀……一溜兒棺材。太子加五王，六家只活了四個漏網之魚，最大的五歲不足，剛好兩男兩女，有諸王的庶子，也有庶孫。

在外想找個長輩還沒處找，妾的娘家不是正經親戚，嫡母全完了，喪事只能在宮裡辦。

參與哭靈的百官心裡涼了一大截。

大燕朝就沒出過這麼離譜的事情……什麼？你說恆寧帝？恆寧帝好歹也花了二十幾年才把兒孫砍了大半，還活著幾個廢人好不好？最少恆寧帝留下一個嫡子上位，雖然是個流氓，卻是個健康得活蹦亂跳、能夠御駕親征的流氓皇帝！

從太子暴斃到諸王團滅花了幾天？三天半。倖存者誰？榮獲先天性心臟病和氣喘、曾被預言活不過二十歲的豐王。

二十幾年V.S.三天半，流氓V.S.好像活不長的病秧子。恆寧帝和肅帝，肅帝勝出。

應該可以同時跳「皇家最速滅團」、「倖存者最少」兩大成就。

成為五朝元老的盧宰相哭得特別慘。尤其是匆促上任的新皇豐帝三天哭暈五回，盧宰相悲痛得難以遏止，讓人聞者落淚觀者傷心。

豐帝是真的難過……誰家死了老爹連兄弟都同歸於盡不傷心的啊？就算感情不怎麼樣，全家死光再怎麼涼薄的心裡總有點難過吧？何況豐帝從小是個好孩子，以君子為準則的教養到這麼大……他根本跟皇位無關，也不會和他親哥一樣想把其他兄弟算死。

剛當上皇后的鴒姐兒也難過……自古未聞有這麼抽風的皇家滅團事件，那麼激情幹什麼，通通赤膊上陣啊？身先士卒也不是這樣幹的啊，只能說全體蠢死。蠢死就算了，牽累到體弱多病的可憐夫君！這算什麼事兒？好好養著都養不太好了，還當皇帝，不早死都難了。

回頭一看，那群抽風貨留下四個遺孤。好麼，照慣例該由太后收養……但應該當太后的元后，她死了呀。結果還不是她這個皇后得「視如己出」的撫養？

老天，她才十七歲，養著三個庶子，還得養上四個侄兒姪女。

這些就認了吧，但後宮還塞滿了先帝的妃嬪，佈滿各種惡勢力。哇靠，她以為宗室已經禮教蕩然無存，結果是她太淺。真正的視禮教為無物的，是堂堂大燕朝的皇宮。

能養出一溜如此整齊的抽風貨，連賢達的元后都扭不過來，自己還鬱悶死掉的所在，能是什麼善地？但慕容鴒用膝蓋想都沒辦法想到可以這麼的囂張跋扈與無知，不是她身邊人武力值超群，差點讓先帝的妃嬪使人給打了……說她不敬婆母！

孩子，妳們沒一個是正室皇后好嗎？就算是貴妃也是妾啊！妾是什麼妳知道吧？小老婆啊，先帝的小老婆還是小老婆，遇到皇后是妳們該跪啊。要不是皇室人死得太多，先皇沒留準信，妳們搞不好該殉葬知道嗎？

等她詢問了沈嬤嬤，啞口無言。兄終弟及了四代實在太猛了，肅帝又是個精神分裂的抽風，兩年三天子的後宮根本沒怎麼動……他全接收了呀。太子生母魏妃不但寵冠六宮，還服侍過三朝天子。

簡單說，曾經是肅帝的二嫂和四嫂，最後還成了他的寵妃。

這樣的宮裡，還指望有規矩這回事嗎？有幾個年紀還輕的妃嬪，國喪期間還跑去勾引豐帝，把豐帝差點氣死，沒直接杖斃是她攔下——剛上位就杖斃先帝妃嬪，名聲太難聽了。

一個混亂到爆炸的後宮，已夠她一忙。宗室府形同虛設，國喪都亂七八糟，慕容鵷心裡瘋狂吐槽，還是得裝出哀戚的容顏出來主事。

百官這時候還沒覺得奇怪，畢竟新皇哀毀，先帝一脈又死得只剩下豐帝這支孤桿兒，皇后娘娘不出來主持喪事，指望越來越沒出息的宗室府？別鬧了。能主持的出色穩健真讓人意外呢，果然是第一世家的慕容女。

但怎不會說有國喪就沒政事吧？有些緊急的，譬如黃河潰堤，不會因為先皇駕崩就按下暫停鍵吧？肅帝那個精神分裂，別的事情抽風，皇權握得死緊。這等國之大事敢自己主張的，墳頭的墓木已拱。告知了悲痛的盧宰相，還是得請新皇拿個主意。

新皇悲傷過度暈厥中。

幸好皇后娘娘開口了，還安排得挺井井有條的，滿像一回事兒。已經養得跟鵪鶉一樣的百官可找到中心骨了，連政事都來問娘娘。

這時候，慕容鶲也沒覺得奇怪……她的角色還沒轉換過來呢。連大典都還沒有，剛廝殺完就被拖來宮裡喊娘娘，誰能立刻從「王妃」轉職成「皇后」？你以為打電動二轉啊？

事實上，現在她的心態還是「豐王妃」，大家都知道，豐王府是王妃主事，來問事當然要拿主意啦。知道的當場解決了，不知道的問舊例，能解決的解決，不能的招相關部門來開會吧，總是會有個章程的。

意識到「後宮干政」的只有哭得很慘的盧宰相。但他心裡一緊……接著就想撒花放鞭炮啦。

豐帝如何還不知道，但這皇后娘娘可靠譜啦！蒼天啊，他二十年五朝終於等到一個靠譜的當家人啦。雖然有點稚嫩，但條理分明，邏輯不但正常甚至可以聞一知十。

唉呀，娘娘才十七歲，能夠慢慢教的嘛。他提著一顆心，仔細的觀察慕容后的一舉一動，喪事辦得周全整齊，連政事都辦得有板有眼，大有可為大有可為啊。

一個明理賢達的太后有多重要你知道嗎？他不只一次扼腕，若是太子諸王年紀小一點，是元后當太后主政……大燕今天不會這麼一副要亡國的樣子啊！

說不定現在還來得及？

他突然覺得有希望了。二十年來，終於開心想繼續拉犁了……六朝元老，認了。五朝跟六朝也沒差很遠，反正都會被史家罵。

所以，他壓根沒提醒「後宮干政」的可能性，反而想辦法幫著皇后娘娘理政，比肅帝當朝時要熱心多了。

這時候他對豐帝還抱持著「活不了很久」的悲觀態度。這不開始培養未來的太后麼？

百官直到肅帝和兒子兒媳孫兒孫女（…………）都入土為安，舉辦登基大典時，才感覺到不對勁。

第一眼看到的是，嚴妝翟服十二鳳釵的皇后娘娘。鳳眼芙蓉面，精神氣飽滿，內蘊春雷不怒自威，貴氣撲面而來，令人屏息，端得是好威儀，看著就想跪地喊萬歲。

第二眼看見的是，五爪龍袍朝天冠的皇帝。玉面蓮姿，沈郎腰細猶帶三分病，如孤月懸空，華光滿映，高貴中蘊含著孤清和悲傷……端得是好風儀，令人心生嚮往與憐惜，呼吸都輕了三分。

好一對璧人帝后。果然是龍姿鳳威。

……好像哪裡怪怪的。

朝臣百官不約而同的在心裡齊呼：哇靠！你們倆的性別是不是不對了?!真的不是跑錯棚嗎?!

喪期政事，好像，都是皇后娘娘在主持……

你們倆的性別真的不換一下嗎？換一下吧？換了就完美了啊！真的，不考慮一下嗎？

朝臣百官的表情都有點僵硬，心底不斷奔騰的就是這種無理取鬧的遺憾和悲哀。

新皇即位親政，忐忑的朝臣百官往御座一瞟……還好還好，只坐了豐帝一個。略略把心往肚子放穩點……沒辦法，帝后形影不離，又是那種「恨不得給你們換個性別」的狀態，若是慕容后也坐在御座旁，還不知道該怎麼勸諫。

然後大朝幾天，朝臣百官的心情立刻從「他行嗎？」這一端，劇烈震盪到「哇靠！你能不能活久點？」的另一個極端。

這個大家都不熟的新皇，是個邏輯健全完美，處事冷靜，智商極高的好老闆。

光看他處理民亂問題，就可略窺一斑了。

好啦，民反已經都不成為突發狀況，而是常態了，大家都快習以為常。頂多戶部沒錢反剿，兵部想撈功勞反撫，吵都快吵出套數來了，反正都得看皇帝今天抽哪一國風，心情到位想撫或剿。

弱柳扶風的病美人豐帝說，新皇登基，當大赦天下。數地民反，從縣令到知府都應該反省自身，怎麼把好好的老百姓逼反了。應該派御史去視察課實稅捐，對民開講。

表面上看起來，好像沒解決問題。事實上，命中要害。

一方面是對地方官說，鄉親啊，別再拚命刮地皮了，老子知道你們玩哪套。現在老子登基了，不想跟你們追究，你們好歹也鬆一鬆手，別把百姓往死裡掐，激起民亂老子不客氣了啊。趁老子登基要大赦，既往不咎了，再過分當心沒頭戴官帽啊。

一方面是對亂民說，鄉親啊，老子知道你們快被掐死了，不得不找活路。乖啊，不要鬧了，趁老子登基要大赦，快快洗白啊，回家種田和親人團聚，省得一家子陪你砍腦袋。

當然不是只在朝堂說兩句話，而是有一整串的對應措施。地方官從上到下安插自家人簡直是常態，方便上下其手，團結一心。但是世家間彼此能真和諧嗎？互掐的都能記入家史了，御史們能例外嗎？就算是寒門出身的御史，還有個仇視世家的心態在呢。

看到出使御史的名單，傻眼。不是脾氣又臭又硬的寒門御史，就是地方官和名門御史家仇頂天的，派得那麼剛好。

後繼出爐的方案更狠。御史若核實了地方官有失，大赦期間不論罪，可是得記檔。這個記檔要做啥呢，世家譜的評估，得扣分，扣分就掉排行。大燕的科舉，家世還是占四的。

鄉親啊，這招不狠？只要被皇帝記上一筆，簡直就是所有子弟的科舉都要吃虧，動盪整個家族啊！這扣分還扣得挺狠，官越大扣越多，很可能一處民亂從上到下扣一輪就能讓你滾出世家譜了，哇靠！

那瞞吧，自己想辦法內部解決吧。不行，皇帝把這狗洞堵上了。若民亂不上報，斬。只要你上報上司有回執了，你沒事，你上司有事。想說眾手遮天？孩子，砍你一串兒沒商量，可三令五申過了哈。

原本朝臣百官還沒底，就派出幾個御史能完事？不用撫？不用剿？結果豐帝接見了出使御史們，懇談一番，發出了尚方寶劍若干，到地真的砍了幾個狗官腦袋，幾處著火的民亂……居然沒怎麼鬧就平息了。

雖然能猜出這樣的結果，卻怎麼也想不出怎麼會這麼簡單的過程。

只有盧宰相眉頭一跳，知道案情絕對不單純。聽說，豐帝他岳父國丈爺入宮探望皇后娘娘……那是第一世家慕容府的老爺，前任游俠兒，至今威名鎮京城。有這種皇后女兒，這國丈爺單純不起來。

慕容府呢，人脈手段絕對不會少。

後續方案的批折，除了豐帝俊逸剛正的筆跡，後頭幾個凌厲的「斬」，寫得可柔媚啦，漂亮簪花小楷。敢情皇帝前面佈大綱，皇后娘娘押後補漏，相當夫唱婦隨。

放心了。皇后娘娘手夠黑，這未來太后心太軟是不成的，瞧瞧把自己賢慧死的元后就知道。

盧宰相還細心的把批折親手謄了一遍，省得又有哪個不識趣的囉唆皇后娘娘。

加油啊，未來的太后娘娘，老兒可是看好妳了。

呼了口氣。盧宰相的臉都舒展了，連皺紋都少了，沒事總愛對人笑，笑得朝臣百官忐忑不已。

其實吧，豐帝這麼幹也是不得已的，更是不得已裡頭最好的方案。

政德帝和燁帝父子倆辛辛苦苦了五十年，結果這兄終弟及了四代不但還回去，倒扣到大燕要沉船的地步了。

歷朝苦壓著世家，只能讓他們不敢養私兵。近三百年來，盤根錯節，上下交征利，土地兼併嚴重，貪污得心安理得，偏偏他們還不用繳稅。大燕都快被這些世家官吏吃垮啦，稅都得攤在百姓頭上，這能不反嗎？

微憤青的豐帝都想親自抄刀子去把那群國蠹殺乾淨了。

但事情不能這樣辦啊。更何況他登基，就是和鴆姐兒兩個光桿帝后，連五朝元老盧宰相都不太熟，百官接近不認識。不要說勢力，連個能用的人都沒有啊。

朝廷還是得有人辦事，最優先的不是殺國蠹。這艘快沉的大燕號，需要優先的事情太多了。

剛登基，主少國疑，內部得心安定，攘內是第一優先。這個民亂，絕對不能等閒視之。歷史太多血淋淋的教訓了，他一直是個受教的好學生。

但是能動用的人和資源，真是少得可憐。可不魄力一下，連朝臣都不能安心。

一來是岳父拔刀相助，慕容府武力支持；二來是被冷落二十年的御史容易被這種揚名事拉攏。而豐帝能動的，就是世家譜的，等於掐著世家為官的命脈。

至於朝臣齊不齊心，會不會使絆子……你傻啊？想站邊最少要有邊可以站啊。現在只剩豐帝一個老闆了，就算是想擁立領從龍之功……你得先有龍啊！兄終弟及了四代，宗室受池魚之殃，有點才華的都砍了，只剩遠支小貓兩三隻，裝瘋的裝瘋，紈褲的紈褲。

自己造反？你得先有兵有地有糧啊。被打壓近三百年的世家，地不夠大，兵不敢有。而這時代缺乏幹才，奇葩的種類往各種抽風極致去了。想要逃難的有，不見慕容府都把重心挪往江南。造反？這個壓力太大，實在頂不住。

檯面以為的完善，不過是冰山一角，底下他和鴒姐兒的苦心推算，那才是大頭。只能說在缺乏幹才的時代，帝后剛好是一對天才，真的是祖宗有保佑。

本來慕容鴒還擔心夫君的健康，奇怪的是，自從主政後，豐帝像是澆了一盆仙水，精神奕奕的復甦了。走遠不敢說，乘著御輦去上班，暈都不曾暈一次了，明明御醫說還是得好好養著。

其實不足為奇。

這樣說吧，好比一個磨了幾十年劍的將軍，被皇帝冰在京城待著，壯志不得伸，蔫蔫的像是枯萎的小白菜，時不時這裡痛那裡疼的請病假，人也不精神。可是突然，皇帝說，那些蠻子太可惡了，挑戰朕的尊嚴，需誅。你去把他們打個稀巴爛吧。

搞不好都五、六十歲的老將，聲如洪鐘拎著流星錘上馬殺蠻子，突然什麼病都好了，還活到八、九十歲，把餘生都奉獻給殺蠻子了，說不得路上還偷生那麼一兩個私生子之類。

男人的事業就是百靈藥，專治各種疑難雜症。偏偏豐帝有才，智商還高。被當豬一樣養起來真是人生最悲痛的事情，若不是娶了慕容鵷，早就被自己活活鬱悶死，而不是死於心臟病或氣喘。

現在好了，妻賢且慧，生命裡的甜心，事業上的神隊友。連抱負都得以伸張了，將來閉眼都能安心去見威皇帝了。頭也不暈了，心口也不悶了，連咳嗽都少，整個人煥發了。

只是現在，他角色轉換同樣不到位，還是把自己當成「良相」，看起來挺客氣有商量，很讓朝臣誤會一把。

同樣轉換不怎麼成功的，還有他親愛的皇后慕容鵷。到這時候，鵷姐兒還把皇宮當成大一點兒的豐王府，治理起來居然沒有太多違和。

就是還把自己當升職的豐王妃，慕容鴒乍聞百官聯名懇請充實內宮、早封妃位的奏摺，很傻眼了一下。

大哥，拜託喔，大燕多處民亂，偌大國土，有澇有旱，邊疆報奏還不太平。皇家形同滅門，只有身耽多年宿疾的豐帝勉強撐住門戶。

你們若上門來說想立太子以備不時之需，她雖然不太開心還能諒解……很當一回事的要求立幾個有名分的姨娘？哇靠，還能不能更不靠譜點？等她知道這好像是我家的事情，跟你們外朝的百官有什麼關係？再說吧，你們捅這個事，「充實內宮」之議，吵得國事都快癱瘓，比啥都來勁……她頭都大了幾圈。

簡直是在我家夫君心底捅刀子……讓她又更愁了一點。

豐王爺……不不，豐帝，她夫君，其實秉性脆弱點、多病點，該有的功能還是一應俱全。只是馬達不太夠力，偶爾會熄火。一個月她頂多只讓夫君滾兩次床單，再多都不敢了。

可這年紀的人，又復可心戀深時，哪裡會肯。房事不過多了幾次，他老人家的心臟就差點熄火，把她嚇得淚流滿面。還是王爺的豐帝才不甘不願又鬱鬱的節制，心下深恨，引為奇恥大辱。

硬要給他小老婆，這不只是催命，更是催心了。

看豐帝鐵青著臉讓內侍扶進來，她臉也跟著變了。拋下看了一半的奏摺就上前去接手，餵了豐帝幾口熱水，他臉色才緩過來，揮手讓身邊人都退下。

人還沒退乾淨，在外繃得很好的豐帝一臉委屈，滾到鴝姐兒的懷裡，喊，「鴝鴝，他們欺負我。」

早就知道他表裡不一的鴝姐兒把著脈沒說話，確定還算安好才嘆氣，「誰讓你幾個哥哥都不爭氣。」連奪嫡都把自己的命賠上，留了這麼個大爛攤子。

偏頭想了想，「民間不安，秀女小選就算了。四妃八嬪，還是從百官裡擇優選之……」

豐帝冷笑一聲，「他們就是打這個主意，不然何必跟我吵。好像朝廷只剩這麼件大事，還不是為他們的榮華富貴。」說著更覺委屈，又復氣憤，「內宮編制又不是死的，不滿編的比比皆是。」

慕容鴉靜默。但是你爹和幾個伯伯個個超編啊，現在的內宮還塞滿了先帝妃嬪，鬧得可凶，還沒打發乾淨。

「妃位總是要的。」她遲疑半晌說。

但是豐帝雖會滾在慕容后懷裡撒嬌裝痴，內心是非常有主意的人。「誕育有功，趙、李可堪為妃。」

哇靠！皇上您還好吧皇上?!趙、李兩位壯士您搞不好都記不清長怎樣，更不要說踏一踏她們的房門。您這擺明了立倆擺設啊皇上！江壯士呢？您怎麼不提江壯士啊？您對她真是十餘年如一日的痛恨，誰說您不記恨的我跟誰急！

「……皇上，您不需顧忌妾身。」想了半天，慕容鴉嘆氣。

豐帝一整個不好了，仰起芙蓉玉面，盈盈欲泣，「鴉鴉要遠我？我先是鴉鴉的阿豐，才是鴉鴉的夫君，最後才是大燕的皇帝。」

看他一副梨花帶淚，慕容鴉全身上下都不好了。沒好氣的將手罩在尊貴的皇帝臉上，「你夠了，明明是狐狸，裝什麼小白兔。除了坑我，你還會什麼？當年我鑽狗洞都該逃了這樁婚事，可惜千金難買早知道。」

於是尊貴的皇帝破涕而笑，硬是跟皇后娘娘膩了半天，才血魔兩滿精神奕奕的去御書房為他的抱負理想捨生忘死，留下慕容鴝抱著腦袋疼。

這事，不好安排。但是未來鳳帝的慕容后，雖然還不到十八，卻是相當程度的顯現出她的精明才幹來。

趙、李兩姑娘是秀女小選選進宮的，是為宮婢。賣身契是當年的七王爺逼她們倆簽下的，沒有過官府，燒掉就沒了。官面上能查的還是在宮的花名冊，就算是管灑掃的粗活，依舊是元后賜下的宮人。

家世吧，上數三代也是清白人家，何況雖然沒上世家譜，趙、李在地方上也是大族。未出五服的族兄弟掃一掃，也有幾個秀才舉人。更好的是，趙、李兩族各有一個同進士出身的族伯叔在京候官，慕容府稍加一把力，也就補了八、九品的京官。

行了。元后所賜，潛邸舊人，出身「地方望族」、「官宦之家」。再加上生了二皇子、三皇子，誕育有功……封個妃位不怎麼出格了。

至於江壯士……很遺憾，到現在豐帝還不肯鬆口，江家還是宗室府記檔的奴才，慕容鴝再厲害，也扯不出合格的出身，連個嬪位都掛不上。硬封了個朝容，豐帝還擺了兩天臭臉給鴴姐兒看，讓她很無奈。

結果消息才傳出，江朝容在半路上硬攔豐帝大鬧一場，豐帝捂著心裝震怒病倒，一傢伙把江朝容摞到什麼品階都沒有，掛了個「宮人」，心裡快意得要命，還倒床上哼哼的頗像回事。

慕容鴴啞然，心裡默默的替江宮人點了默哀的蠟燭。妳設計誰不好，設計一個心眼比篩子還細還密的病狐狸……這樣的「簡在帝心」簡直是坑自己不償命，順便還坑了自己家人親戚和兒子。

雖說無嫡立長，可被皇帝懷恨，連帶的也看不太上大皇子。慕容鴴不得不再嘆一口氣，同樣這麼教養，但二皇子和三皇子對她卻是十足的恭敬和孺慕。可大皇子……表面倒是恭敬了，私底下卻非常跋扈，沒事就愛欺負他兩個弟弟，還挺蠢的被豐帝逮著兩次，頗有那門抽風貨的風範。

至於她出個嫡子……真是越來越不敢想了。不說她沒有壯士們的易孕體質，她祖父花了十七年才得一子，她爹也成親五年才有一女，家族生育史非常慘澹。她愛憐稟性脆弱的夫君，也沒打算硬榨出一個子女。

再說吧，不看不知道，一看嚇一跳。這個大燕朝居然已經到了危急存亡之刻，比政德帝在朝更為淒慘。雖然恆寧帝把大燕禍害得不輕，好歹還有個架子在。豐帝接下這個皇位，卻連架子都沒有了。

還是她老爹入宮，詢問之下才知道，二十年前還有徽州師爺充朝野幕僚，勉強還庶務嫻熟，拉起個架子。結果二十年間皇權更易動盪，肅帝又是個精神分裂的抽風貨，除了皇權、兵權兩大逆鱗，其他接近不管，上下還不發瘋似的撈錢。

徽州師爺朝奉錢又貴，嘴巴不閒還愛勸諫，哪個喜歡用。當然撿又便宜又志趣相投能撈錢的無行文人用了，以至於連最後的防線都崩塌了。

這種爛攤子，送她她都不要，還遺禍自己的孩子？生不出來還是件幸事，誰愛誰接吧。

問題是，這燙手山芋就要爛在她和豐帝手底了。

舉目四望，前朝豐帝百官還認不全，當朝七個宰相，只有首輔盧宰相比較熟，其他六個都在裝鵪鶉。更不要提自己的心腹和勢力，連事情都不知道該交給誰做。

又不是當了皇帝就天賦樹亮了起來知道怎麼點，朝臣百官底下還有數值能夠參考，知人善任。要能登基立刻大治的，除非同時開了慧眼天眼的外掛，大概還需要開個陰陽眼。

後宮也不安生，慕容鶲每天要照三餐點心帶宵夜的嘆氣。先帝的妃嬪大大超編，既然免了殉葬，有子女的封個太妃出宮奉養算是熬出頭，被沾過沒子女的入護國寺出家，沒沾過的發還自行婚配，應該算是德政了。

但是後宮還是鬧。太子加五王，死光了，魏妃妥妥的太后飛了，帶頭鬧呢。年輕貌美的還乖乖回家候嫁，皇后賞榮耀添妝，讓京城世家婚姻市場再起波濤。年紀大點的覺得再嫁無望，皇后年輕，還不跟著可勁的鬧，誰捨得榮華富貴的生活，去青燈古佛。

這還沒完呢，別忘了豐帝的三個異母姊姊還活著，沒事進宮表演公主打滾撒潑，那真是一整個熱鬧。

果然抽風貨的後宮，只會使勁的抽風，這風氣真是烏煙瘴氣。

慕容鶲真的煩了。她和歷代的皇后不相同，豐帝倚為臂膀，前朝的政事，她得幫著看奏摺出主意。後宮又得仗她這個年輕皇后打理，簡直是一個人當兩人用，兩邊擔子都很重。

瞧著百姓快要活不下去了，這些金枝玉葉還在那兒揪著雞毛蒜皮不放，佛都生火。趁著誥封兩妃的機會，無情的打擊先帝妃嬪，該挪地方了，別以為這任皇帝跟肅帝兄弟那樣不講究，有機會再伺候一任天子呢。

要出家的乖乖出家，不想出家的回家也任得妳們。又不出家又不回娘家的，沒事兒，先帝旁邊的附墓還空著，想要跟著先帝去的，白綾鴆酒弓弦任妳挑，如果覺得這麼死創意不夠的，大夥兒還可以商量，這點體面還是願意給的。

想鬧吧，潛邸帶進宮的五百娘子軍堵著門，聽說都是見過血的，當真殺氣騰騰。捧著白綾鴆酒弓弦的虎視眈眈，捲著袖子，像是要代勞先帝妃嬪各種死的樣子。

結果只留下五王遺孤的四個先帝妃嬪，魏妃乾瞪眼也沒能留下，只能哭哭啼啼的回娘家，沒想到五十幾快六十的人，居然又嫁了第四任丈夫，還是慕容宗室的某老郡王，據說年少已垂涎，到老終償夙願，瞬間轟動整個京城。

傳奇啊。她都不敢仔細算太子的年紀了……五王和豐帝，都是先帝未登基前生的。這個排行老三的太子是怎麼回事，想都不敢想。只能說，魏妃是個傳奇。

慕容鴉感嘆，還是照例送了一份添妝。

但是她沒有想到，這朝真正的傳奇不是魏妃四嫁，而是據說懼內的豐帝有兩位「豔妃」。

瞧瞧吧，豐帝終其一生四妃都沒滿額過，真正受百官朝賀、見得著面的，只有雍容鳳姿，氣勢凜然的慕容后，之後的鳳帝。除了有個白痴敢說鳳帝眼睛太小，誰不覺得那是美麗的鳳眼啊！容貌真的沒得挑了。

後宮那兩妃，一個是趙瑤妃，一個是李瓊妃，據說還是豐帝親封的妃號。只是後宮妃嬪，哪個男子能見到，無親無故，連命婦都沒見過。

望文生義，還能不浮想聯翩？如瑤似瓊，哇靠，美玉似的兩妃啊，能不豔麼？

流言初起時，慕容鴉望著充滿八卦期待的命婦，好一會兒說不出話來，卻沒答應讓她們拜見瑤、瓊兩妃。

等趙瑤妃和李瓊妃戰戰兢兢的拜服於地，滿臉搞不清楚狀況的惶恐，慕容鴉望著在後宮太心寬以至於體積也非常寬心的兩壯士……不知道該不該戳破朝野美好的幻想。

阿豐就是個扮兔子的可惡黑狐狸。她默默唾棄。難怪親封妃位時那麼興致勃勃，笑得那一整個春花燦爛。

原來在這裡等著。

她只能扶額。然後後悔當初沒有鑽狗洞逃婚。

豐帝的後宮，終於以這樣的格局開局。說起來不算太複雜，不過一后兩妃一宮人，膝下三個皇子。五王遺孤兩世子兩郡主，他們的祖母得封太妃養在後宮，外帶三個封長公主的先帝女。

遺孤們並沒有降等，實在是皇室滅得太慘，豐帝夫妻也不是很在意這些虛名分的人。

但這只是表面。

養在皇后膝下的世子郡主，聽起來就很牛。皇室就剩這點直系血脈，不免讓原先熄滅的野心又煽旺了。太子和五王之間明爭暗鬥，說世家百官沒有摻和……誰信啊！

雖然那群抽風貨自己蠢死了，但新皇上任，皇后年幼，這不重新洗牌麼？

當然有人非常早期投資的巴上三個皇子，光侍讀的位置，就讓他們打破好幾次頭，早早的就圍上一群人。圍不上的，瞧皇后撫養皇子和世子郡主一視同仁，只要有點滴關係，還不想盡辦法攀上去。

皇子們還好點，畢竟出身寒微，能巴上的不過侍讀們的一系親戚，雖有些求富貴的小人，更多的是憂國憂民的太傅們或書生。世子和郡主的成分就複雜了。

雖然都是庶出，但嫡母沒有一個不是顯赫世家女。這個舅家，當然是這些顯赫世家。別忘了太妃身世也能嚇死人啊！又添一重太妃的娘家。原本深恨豐帝還在拿喬不給他們獻女兒登青雲路呢，現在有關係哪裡能放過。

慕容鴷冷眼瞧過，心下只有無力和吐槽。已經算是簡單的後宮，能被他們玩得這麼複雜，格局卻還是不出後院爭寵攀關係的那套，小得可憐，真是讓人除了唾棄產生不了其他感想。

想到居然得端著笑臉整治好後宮，她就深深領悟元后怎麼會死得那麼早。但也激起她的好勝心，想要好好的跟他們周旋一番，畢竟論宅鬥她是絕對不輸人的，後宮不過是規模大一點兒的宅鬥。

其實照慕容鵜的才能，成為大燕史上最有作為的賢后，和另一個時空的大唐長孫皇后競長短，真的一點都不難。可惜的是，長孫皇后的老公生在盛世，健康得能搶到皇位，又不會抽風得把自己賠上。

慕容鵜的老公，身體說來是一把血淚，不再贅述了，雖然賢達，但父親到幾個兄長都抽風得互滅了，留下來的大燕，還是準備沉船狀態。

民亂還沒完全熄滅，御史有些還在路上。內宮才剛搪塞的封了瑤、瓊兩妃，競爭侍讀名額的世家還在互相打破頭。豐帝被戶部呈上來的帳目，氣得哮喘復發——皇宮內庫找得到鑰匙的堆得死滿，下面的銀子都發黑了。朝廷卻欠下了十年國債，稍微大一點的世家都是朝廷的債主。

就在焦頭爛額之際，北蠻入寇了。

爭著當外戚和哮喘都不算是什麼事了，豐帝在一句話都咳得千刀萬剮後，硬讓人架著，去前朝理事了。

可惜氣喘這個毛病，咳起來讓人傷心落淚，一句完整話都出不了。但是滿朝習慣當鵪鶉的百官，眼巴巴的看著皇帝出主意。

豐帝可憐的目視盧宰相，盧宰相，盧宰相他……我倆不熟，不知道皇帝您想說啥。

怎一個絕望了得。

盧宰相也急出一身汗，百官該彙報的已經彙報，該上表自罪的自罪，其他的，指望他們就傻了。他也拿出了幾個主意，先帝還在的時候，就是隨機看盧宰相哪個主意順眼，就隨機抽哪個主意。

不知道幾百次他想把笏板扔到先帝的腦門上，對他咆哮，他馬的你是皇帝我是皇帝？老子早就不想幹了！一直當苦力拉犁，老牛也會發脾氣頂人的！可憐盧宰相連個權臣都沒當上，四朝元老，卻被先帝派暗衛盯死，下了幾次大獄……除了先帝抽風外，有回只是因為他不小心收了一百兩銀子的壽禮。

這個有些許強迫症的首輔，要不是還有點風骨的時候封相（四十歲），又被個抽風帝磨出個巴夫洛夫反應，照他的才幹說不定早成了權傾一時的權相還能有點野心。

現在，也是個屬鵪鶉的老牛了。

豐帝咳得嘶啞，又喘個沒完，心底火燎火急。勉強說了「皇后」兩個字，四肢皮肉因為咳得太凶一陣陣火燒似的疼，內裡燃炭，連喘上一口順暢的氣，都快喘不上來了。

於是慕容后飛快的闖上朝堂，看了奄奄一息的皇帝夫君，臉色鐵青的想捽擔子喊不幹了。

只是她病美人的皇帝夫君，兩頰不正常的霞暈，可憐兮兮的目視她，手指抖得厲害，還是抓著奏摺不放。

真想跟他說，我倆不熟，誰知道你要說什麼。

可他們成親三年有餘，心意相通不說，什麼事情都是相互商量。皇帝目視宰相，可以推我倆不熟，目視皇后……慕容鵷只能後悔當初沒有逃婚。

慕容后終於站上前朝，第一次在朝堂上發聲，過問的就是北蠻入寇。

結果大帥也是老將，兵官也不是不行，為什麼會被打破雁回關朝南長驅直入？她越聽越不對，兵部和戶部互相扯皮，還越扯越遠了。

豐帝疲憊的歪在慕容后的臂彎，只用氣音的說，「糧草。」

哇靠！慕容鴝內心一凜，從頭到尾都沒聽到糧草這兩個字啊！戶部據說欠了十年國債，邊關的稅收都不留當地徵往京裡了。燕雲十八州今年報災，朝廷還沒能抽出預算去賑災呢。

官兵吃啥啊？空著肚子去打仗？難怪會一戰即潰，連國門雁回關都沒守住。

被皇后娘娘切中要害的責問，底下百官都啞了，盧宰相的眼睛卻亮了。

天哪！未來的太后娘娘不一般啊！他也不當鵪鶉了，立刻奏請以天子內庫充軍餉。這要是在先帝時，盧宰相不免又被請去大獄吃一陣子免錢飯，現在卻置死生於度外了。

這的確是個好辦法，但是在慕容鴝開口前，豐帝卻扯住她的袖子，搖了搖。

她立刻醒悟過來，這個口子一開，那就沒完沒了了。就算將天子私庫的錢全押上，也填補不了十年國債，更救不了大燕處處漏洞。

將來可以不征斂充實天子私庫，但是大燕的虧空卻在不良的制度和百官上下其手、貪墨成風的蛀蠹上。

於是慕容后搖了搖頭。盧宰相大失所望，百官也在心底打草稿要勸諫了。

但是慕容后卻將頭上的十二鳳釵一一拔了下來，脫鐲子、解項鍊，將所有的頭面首飾都卸下，堆在御案。

「脣亡齒寒，國難當前，本宮要這些勞什子有什麼用處。」慕容后內蘊春威，狹長的鳳眼睥睨百官，「本宮所有內庫財物，照冊充為軍資。頭面首飾，由皇商競價，價高者得。天子私庫尚須賑濟大燕百姓，皇后私庫自當全助軍威。」

百官譁然，戶部尚書口沫橫飛的認為皇后貼身首飾落入商人之手，有辱國體。

慕容鶬只冷冷的看著戶部尚書，「本宮不解，請尚書大人釋疑。國債居然有十年預算之資，稍微靠前的世家都是朝廷債主，你這個戶部尚書是怎麼當家的？把家當成這樣，賊寇殺來得主母拔釵助軍，沒有臉面的應該是堂堂七尺男兒的諸位吧？怎麼會變成本宮呢？」

只能說，把朝臣百官都捆在一起，口舌上也辯不過一個慕容鶬。不是被削了臉皮，而是被剝下來扔地下踩上一萬腳。除了能說「不成規矩體統」，讓言官說了幾句，卻沒有人敢說「後宮不得干政」。

好麼，北蠻子已經快打通華州了，皇帝病得奄奄一息，話都說不出來。未來的太后不主事，你主事？

誰敢主事啊，沒見盧宰相一個字也沒吭嗎？

盧宰相表面繃著，回家卻大笑好久，自乾了一壺酒，就催著老妻和媳婦湊首飾資軍。

「你這老頭，當窮宰相這麼多年，我有多少能當門面的首飾你不知道？」宰相夫人大怒，「湊出去也只是讓人笑話！」

盧宰相笑得一整個舒心快意，「沒事沒事，捐了我給妳買新的。皇后娘娘都捐了自己的私房和頭面，咱們底下當官的，怎麼可以不贊助一二？」

這招妙，大妙！戶部沒錢是吧，沒關係，真正的財主是身在世家的朝臣百官呢，皇后都出血了，你們不肯擠點油？京城的擠油了，地方上的敢一毛不拔？

之後幾個月，京城的夫人小姐們，沒人敢戴首飾出來顯擺，能插朵花就算不錯了。皇后娘娘是真的把自己的頭面首飾都捐了個乾淨，皇商哄搶，共得十萬之數。一毛也沒過戶部之手，直接跟皇商徵糧，腳伕都是皇商出的，兵部只能指著要送到哪去，貪都貪不多。

至於京城和地方上的官夫人小姐，實在不敢捐自己貼身首飾，捏著鼻子折換成現銀資軍了，總算支撐住後續的糧草。

但是聚集糧草和調度各地大軍實在沒有那麼快，北蠻來勢洶洶，在大燕最衰弱的時候，還是直逼京畿，再三天就到汲縣了。

京城開始出現逃亡潮，豐帝和慕容后，登基不到半年，已經面臨最危急存亡的一刻。

國丈爺入宮請見的時候，正是一片雞飛狗跳，卻被第一時間召見。

只見兩個皇子愁眉苦臉的被轟出去，正是二皇子慕容品和慕容田。記得過年才十一，只差幾個月。都偏瘦，走他老爹的病美人風格，一點都不隨娘。

明明他女婿的庶長子就很隨娘，十二歲的孩子都能趕上別人家十五歲的漢草，還能跑馬游獵糟蹋別人家的莊稼。

但兒不是刻薄庶子的人哪。之前還是王妃的時候，寫信還會提這三個小子的事，小二小三提得還多，總不至於成了皇子反而擺臉子吧？

腦洞開再大也想不出原由，匆匆回了兩皇子的禮，就入見鴉姐兒。

根本沒等他彎腰，慕容鴉就上前扶住他，「阿爹……」

「兒，妳別聽那些王八羔子的話，讓女婿去送死。搞到皇帝出去親征，要他們這些臣子做什麼？還不滾蛋回家吃自己，沒廉恥的在朝廷挺屍！」

哇靠！所有的宮女太監一致向國丈爺行注目禮，果然是威震京城的慕容雙煞之一！開口就不同凡響……的中二。

負責規範禮儀的女官就不幹了，好不容易有機會擺威風啊！咳了一聲，就想上前給新皇后和新國丈來個一課。

結果兩雙長得挺相似的鳳眼，冷冰冰殺氣騰騰的瞪過來，一副預備發飆的起手式，讓女官腿一軟，差點就跪了。氣勢沖天的皇后一揮手，連滾帶爬的遁走。

這對父女根本就沒把禮範女官當回事，北蠻都快打進京了，禮儀再到位，也不能靠這個感化北蠻子收兵。

鴉姐兒低頭片刻，「阿爹，你女婿當然不能去。也……來不及。」

慕容駿稍稍鬆了口氣，又轉愁了起來。自燁帝以降，大燕皇室越來越亂來，北蠻子沒能趁火打劫，就是政德帝的御駕親征打出風格打出風采，後續的皇帝再荒唐，情勢危急還是會派皇室子弟去督軍，都快要成例了。

念頭一轉，他變色，「那兩個小孩子來作啥？」

「鬧著要親征。」慕容鴝嘆氣，「他們倆去了只能被紅燒。」

慕容駿啞然，「……再怎麼說也該是女婿的老大去吧。」

鴝姐兒皮笑肉不笑的說，「呵呵。」忍了忍才講，「前朝議親征，他立馬『病了』。」

「哇靠！」慕容駿無言了，「你們總還有宗室子弟吧？」

「我什麼話都還沒講呢。」鴝姐兒自嘲，「宗室子弟三分之一也跟著『病了』，三分之一瘋了，還有三分之一在守各種孝。也別說他們了，當朝四個有名號的大將軍，中風的中風，跌斷腿的跌斷腿，還有一個已經逃出京城了。」

哇，樹還沒倒猢猻就開始散了啊。

慕容駿沉著臉，「妻者齊也，與夫齊體。我們慕容府的女兒，也不是軟骨頭……但是名分得給得足足的，面子也得給得足足的。阿爹隨妳親征，把北蠻子帶那些軟腳蝦的官兒，一鍋紅燒了！」

「哈？」鴉姐兒傻眼。她的確是打算帶著五百娘子軍奔赴督軍……實在沒招了，大軍未至，糧草在路上，正是某種意義上的青黃不接。總不能讓病弱的夫君和年幼的皇子頂上吧？

「我不懂軍事，親征啥啊……不對，阿爹你去幹嘛?!」她大驚，原本是想很悲壯淒美的和阿爹訣別，怎麼風格整個不對了？

慕容駿眉一擰，戾氣沖天而起，「瞧不起我兩個兒，就是瞧不起我！我非讓那群不長眼的東西瞧瞧，換我女婿當家了，大燕興旺就在今朝！我兒親征了，那群北蠻子該死哪去就死哪去，不要費老子的手腳！」

……阿爹，這不是耍中二的時候！

但是她被國丈爺拽著，直接去見皇帝女婿了。看女婿咳得扯心抖肺，幾乎氣絕，這個裝了十幾年嚴父的終極進化中二爹，愛屋及烏的眼淚汪汪，完全忘記什麼君臣之禮，伸手摸皇帝的頭，「我兒辛苦了。」

哎唷，這把病美人皇帝逗得淚花四濺，原本要喊岳父，弱弱的喊出來的卻是，

「爹。」

可憐這個一輩子幾乎沒有半個父輩親切過的青年，連麗妃娘舅都沒跟他說句話，在風雨飄搖之際，終於有個「爹」知道他辛苦了。

「別哭，當家人一哭就膿包了。」慕容駿非常大氣的擺手，「爹是幹嘛用的？給兒撐腰用的！女婿，把家看好了，我跟兒去擺平就行了。」

「哈？」豐帝連咳嗽都忘了，呆呆的看著氣勢萬千的慕容駿。

爹你還好吧爹？不要說得好像出門郊遊，百官跑了十來個啊，你知道你要帶我老婆去幹嘛嗎？

「你們年紀都還小，家業才上手，父母哪能不照應。」慕容駿發牢騷，「我要不照應你們，將來地下見了你們娘，非跪洗衣板不可。」

這對帝后愣愣的看著好像很不著調的爹發呆。

慕容駿發現他們不知道嚴重性，「兩塊！你們娘會讓我跪兩塊洗衣板！」

……阿爹，我們跟不上你腦袋黑洞的頻率啊！

好在提到正事，慕容駿的黑洞就暫時關閉，變身成慕容徐庶，三言兩語就讓要自己去親征的豐帝糊裡糊塗答應下來，讓岳父拽著老婆去親征了。

是日，賜慕容后鶺旌節虎符，天子御旗，代夫親征。

然後慕容鶺就帶著五百娘子軍和國丈慕容駿，馳馬前往前線，一刻都沒有遲疑。

但是，比皇后親征的馬蹄還快的，是慕容府主導的消息，已經如風般從京城輻射向全國了。

豐帝在行針後還硬用了虎狼之藥（其實就是強力止痛鎮咳藥），親自送皇后和國丈出京。

馬蹄滾滾的黃塵已遠，他還站在城門口遙望……披頭散髮狀態。

皇后叩別時，他將自己的冠冕一把抓下，塞到皇后手裡，「城破，朕必死國。天子當守國門！」

可恨他連讓人扛御輦到這裡已經是極限。

皇后接過天子冠冕，淡淡一笑，「妻者，齊也，與夫齊體。天子立志守國門，后臣哪能不殉社稷！」再拜上馬飛馳而去。

——後面史官埋頭苦錄，慷慨激昂的奮筆直書。這對話！寫進史書多有面子啊！

史官都興奮了，圍觀的百姓還能不更激動？參與歷史的一刻啊！不但看到皇帝和皇后，還聽到這麼有氣魄的對話……可以傳家說好幾代了有沒有？

興奮是興奮，激動是激動，但是一片靜默，連出氣大點兒的聲音都沒有。

原因就是，「人正真好」的定律超常發揮了。

瞧見了沒有？那個皇后娘娘！那氣勢，嘖嘖，比什麼大將軍都威猛啊！人長得好看，果然是慕容女，第一世家不是說好玩的。瞧人家上馬一整個俐落，那鳳眼一掃射，每個人都覺得，「娘娘在看我啊娘娘我在這裡」，不分男女都紅了臉，很想飛奔著跑去鞍前馬後，給娘娘賣命。

然後瞧見咱們皇上沒有？那真是……比好看再好看十倍！難怪娘娘要親自上了……這樣一個美人誰捨得讓他勞累啊！皇上不要傷心啊皇上！別這麼傷心的說什麼守國門……咱們願意替你上啊！瞧瞧您這身板太柔弱了，皇上您保重啊！

披頭散髮的美人更好看，百姓都被激起保護欲了。

等視覺的衝擊淡了，心靈的衝擊卻慢慢發酵，後勁非常猛烈，後來居上。

聽到北蠻子打過來，連當官的都開始逃跑，人心怎麼可能安定？但家業妻小都在這兒，喪心病狂這種突變種畢竟稀有，絕大部分的人都希望安居樂業。但是皇帝還是燦新的，更是個頂頂有名的病秧子……能抱著信心的人真沒幾個。

比較有可能的就是乾脆皇帝百官「南巡」，把京城和百姓都扔給北蠻子。

但是這個病美人皇帝慎重的說了，「天子當守國門」。忍痛讓自己的妻子，天下最尊貴的女人去督軍了。而他們的皇后說，「后臣殉社稷」。

那還有什麼好擔心的啊！有這樣的皇帝和娘娘，什麼事情都沒有！就算有什麼事，咱們也不是吃素的！

百姓瞬間士氣值上漲百分之兩百，爆表狀態。

然後在有心人的刻意操作下，帝后簡直被神話了，那個聲望值轟然飆漲，原本有些騷動的京畿平靜下來。然後發現有心人來自好幾路，互相撞見的時候真有點不好意思。

飛馳不到一刻，皇后娘娘慕容鴿臉色有些發青的放緩了速度。果然她的武力值只夠作秀。

事實上，她一直被當閨秀培養，額外選修的也是宅門，表現都非常優異。慕容府已經算是相當全才培養的家族了，連騎馬都開放選修，但也只夠慕容鴝優雅的騎馬溜小步……在姊妹間已經是難得的成就，大部分的女孩子都是理直氣壯的逃課。

她的騎術還是出嫁後領娘子軍時，跟著多多少少練得能馳馬……但也馳不了好遠好不好！

「當初沒把武藝教妳，現在也不用了。」慕容駿氣定神閒的溜在她馬側，「小跑就成了啊，不必趕。」

鴝姐兒哀怨的看了她爹一眼，「阿爹，汲縣快被包圍了啊！汲縣沒了……」京城也跟著沒了啊！

前數大燕歷代，從來沒有皇帝被圍在京城的！她就是不想開這個先例才硬著頭皮跑來督軍！丟不起這個臉啊。

慕容駿只是笑，依舊非常高人風範的，看他的兒發急的樣子覺得非常有趣。

他這兒少年老成（因為爹和爺爺都有些不著調），難得看她這樣小兒女態，讓他這個當爹的少有的湧起「我是養了個女兒不是兒子」的萌感。

慕容鴝咬牙趕路，實在她也真是異常堅毅，居然熬了下來，速度雖然不到她的希望，起碼是比馬車快，到汲縣前探子回報無事，她大喜過望的進了汲縣……

可人呢？

她傻眼的看了一片凌亂的營地，只剩老弱殘兵兩三隻，興奮異常又惶恐的伏地，口呼「娘娘千歲」。

千歲的是妖怪啊孩子。被「跟說好的劇本不一樣」刺激得不輕的慕容鴝，非常本能的在心裡吐槽。

定了定神，她詢問因傷被留在汲縣的軍官，雖然這軍官興奮得有些口齒不清顛三倒四，但還是讓她明白了。

聽說皇后督軍，原本駐紮在汲縣的大軍嗷嗷怪叫的出兵打北蠻子去了。

「哈？」皇后娘娘迷惘了。

事實是這樣的。慕容駿的老爹慕容潛從江南回來，開始壓陣打宣傳戰與後勤戰。

慕容后族勞軍了一批糧草，先送往汲縣，保證了基本的供給。也因為汲縣近，朝廷也優先給了一點。

但是有糧草沒士氣，這仗，也挺懸的。

可慕容潛能夠揚威京城五十年，成為慕容雙煞的第一人，當然也不是蓋布袋來的。

一確定慕容鶺要親自督軍，這就好辦了。於是宣傳戰熱烈打響第一槍，開始挑戰男人的自尊心和極限。

先是宣揚了一遍在朝將軍的無能與避戰，然後炮轟一遍百官棄京而逃。再而諷刺「天子守社稷，皇后護國門。文武齊瑟縮，無一是男兒。」

本來就是流言形態，傳得懸乎，可是聽起來就不可能。若說點個宗室子弟來督軍就不那麼離譜，在邊關死幾個皇帝的兒子，其實也是「那些年，我們一起當的昏君」，大燕沒被北蠻整趴下的主因之一。

可是居然有探子來報，皇后攜國丈領著五百娘子軍，打著御旗騎馬奔往汲縣了！

全軍譁然！

第二波宣傳戰再次開打。被挑撥的嗷嗷直叫的將士耐不住了，大燕的男人褲襠裡是有貨的爺們！居然要讓皇后，天下最尊貴的女人來填命……這算什麼啊?!

叔可忍，嬸可忍，男人的自尊也不能忍啊靠北！

於是宣傳戰與後勤戰非常成功，讓士氣瘋漲的大軍撲出去找北蠻子死戰了。為了男人自尊而戰和為了打劫而戰，是兩個概念。燕軍大勝北蠻子，直殺了幾十里，見黃昏才鳴金駐紮。

本想休整兩天……但是聽說皇后娘娘追在後面來了！

娘娘您怎麼了娘娘?!不要來啊，刀槍無眼，您擦破皮我們面子哪兒擺！但是憂慮過了以後，不禁激盪又興奮，整個腎上腺素都上升了。

娘娘她……不是只做表面文章啊嗷嗷嗷！她是真的要來跟我們在一起（？）！聽說娘娘好美啊怎麼辦？好想她不來又好想她來啊！

於是大軍在宣傳戰和自我腦補下，非常穿越的領悟到異時空西方騎士浪漫的精髓。殺起人來更為有勁，一整個如狼似虎的撲入北蠻子的大軍中，北蠻子被這群瘋子嚇得夠嗆。

結果就是，慕容鴒非常悲情的趕了十天的路，大腿都破皮了，騎馬騎得非常痛苦，還是一直追在大軍後面追不上，永遠只看到匆匆拔營的營地，和老弱殘兵兩三隻。

最後她終於趕上了，然後御旗才出現在戰場上，北蠻子的大軍突然大潰，拚了老命的往後跑。

不要說慕容鴒迷惑，連燕軍都搞不清楚狀況。雖說是一路凱歌，但是北蠻子總是打帶跑，其實沒有太大的損失，氣得燕軍總大罵北蠻子是屬兔子的。

但為什麼會在皇后娘娘甫抵戰場，啥都還來不及做，就突然自己潰敗了呢？

這成了一個歷史謎團，史書雖然記載是鳳威所致，蠻奴自潰。可誰會相信啊？

事實總是非常雷人，比虛擬還雷人。

其實得怪政德帝那流氓，還得捎帶上陰險的馮宰相，「御駕親征」把北蠻坑出深深的心靈傷痕了。

北蠻子怎麼敢突然南下？因為在這時空，資訊之不發達只能髮指，豐帝登基好幾個月了，北蠻才知道南燕皇帝換了一個病秧子，保證不能御駕親征的。

樂了。這些年南燕越來越弱，就是害怕突然又冒出一個御駕親征的流氓皇帝，所以才小打小鬧。

這不就是上天賜予的好機會嗎？

於是這次打草穀＊打得深了一些，打著打著就要往南燕京城來了。

原本還疑惑，這些無精打采的弱雞南兵怎麼突然跟吃了藥一樣發顛，不過沒事，拖著拖著就不顛了嘛，跟南燕打仗，我在行。

結果，地平線那端，大燕皇帝的旗幟出現了。更可怕的是，擁著旗的是一群女人。

寫作皇帝叫做流氓，寫作馮郎叫做腹黑……

寫作燕子觀音，叫做暴力無雙。

快逃啊！好多燕子觀音！

＊打草穀：遼代常見詞語，游牧民族以牧馬為名，實則掠劫人民糧食、資產。

這就是挺雷人的真相，說起來都是北蠻的一把辛酸血淚。

所謂歷史，往往突發於偶然，背後的主因令人啞口無言，充滿抽風與烏龍。

這次的北蠻入寇，就是個偶發事件。雁回關根本不是被攻破的，而是幾個盜賣軍糧被打軍棍的校尉懷恨，想給守關將軍蓋布袋卻不小心打死了，心慌意亂之餘，偷開小門想逃去關外，結果被北蠻子的小隊逮到了，趁沒人發現時進關開了大門。

主將莫名暴斃，群龍無首，於是雁回關陷落了。

看起來太抽風太烏龍太不可思議，但歷史就是這樣抽風這樣烏龍這樣不可思議。

咱們出戲的回顧一下吧。吳三桂衝冠一怒為紅顏。你想想吧，吳三桂是否缺乏腦漿？你馬還不是正妻被搶了，是個小妾！而且是個出身風塵的小妾！你是蔭官＊啊孩子，老爹是總兵，舅家也聲名顯赫，妥妥的是官宦子弟。

你把念的書都吃了嘛？基本的禮義廉恥都拿去餵狗了嗎？就算是自立想當皇帝都沒那麼讓人唾棄好嗎？

結果這貨為了個小妾跑去投靠了人數其實不太多的滿清。

難道不覺得，這吳先生有些抽風麼？

再說滿清入關吧，其實滿清能夠一統江山真的不是他們的初衷。只是打著打著，咦？好像可以欸，這才一路打過來。事實上，為了打完要不要入關還真的很吵過幾次。畢竟比起滿清的人數，那漢人的人數是遠超的呀！當中不乏有想搶一票就回家貓著的，只是沒有成為主流。

這說起來，不稍嫌烏龍麼？

至於那個亡國的崇禎皇帝，當然眾說紛紜，但其實，他還真是個倒楣蛋。他登基以來，就沒有一年風調雨順。前面幾任皇帝說有多荒唐就有多昏君，他這時候想勤政補救……坦白說，他智商不夠。要挽救這個局勢起碼ＩＱ和ＥＱ得雙破表才行，可惜他沒有。不然憑他這資質，早個一百年還可以當個守成之君，只能說生不逢辰。

光這個年年天災人禍，不覺得略有些倒楣的不可思議麼？

＊蔭官：因蔭襲制度得到官職的人員統稱。上一代若有官爵祿位，子弟可承襲得官，但官位通常會降等，僅獲虛銜或取得入仕的資格而已。

現在就是大燕面臨了歷史的不可思議、抽風，並且烏龍中。

燕回關會陷落，就是一個烏龍。北蠻入寇，開頭也只是個小氏族，突然來這麼大的驚喜，真是被砸昏了，趕緊的和親朋好友的氏族通知一下，於是後援源源不絕。

當時的北蠻還是許多氏族的組合，彼此還打來打去，只是現在有塊這麼大的肥肉，大家趕緊的把仇恨扔一旁，雜亂無章的往燕回關湧去了。

巧的是，第一防線的燕雲十八州，剛好遇到最欲哭無淚的災情。該下雨的時候不下雨，好不容易拚死拚活護下大約一半的收成，結果臨收割時拚命下個不停，接近毫無收成了。官兵餓不得，難道百姓就餓得？結果糧倉緊著軍隊的供給，百姓就分不到什麼，年都快過不去，只差起民亂了。

雪上加霜，北蠻入寇幾乎沒有遇到什麼抵抗——飢寒交迫，只能抱著孩子跑人。官兵被打懵了，步兵又不如北蠻子的騎兵……四條腿總比兩條腿快太多。

搶進關的北蠻子諸氏族也是得意忘形的昏了頭，只撿肥的搶，糊裡糊塗的迫近汲縣……沒文化真可怕，連地圖都沒看懂，等於是迷路打過來的。

他們還盲目樂觀的相信，南燕軟弱，最大的殺器不過是「御駕親征」。

本來嘛，政德和他兒子死了以後，南燕根本不算盤菜，可氣的是，每次只要南燕皇帝打旗號御駕親征，那些軟弱的南燕兵像是突然被跳過大神一樣，馬上發瘋，明明可以打贏的仗就輸了，太過分了！

後來有幾個不是皇帝來的，而是皇帝的兒子來的。沒事，先打死了那個皇帝的兒子！看你再囂張……又不是皇帝，不怕！

……才怪。

南燕的豆腐兵立刻成了金剛鑽兵，而且從被跳大神變成請神上身，北蠻被揍個生活不能自理。

所以北蠻子最討厭最畏懼的，就是這個該死的「御駕親征」。

現在好了，不用怕了。南燕這任皇帝是個軟弱的得讓人扶上車的病秧子。大殺器是拿不出來了。

直到地平線那端，冒出南燕皇帝的皇旗，和皇旗下那群可怕的女人。

已經被馴出心理障礙的北蠻子反射性的做出掉頭就跑的反應，一面在心裡大吼，這跟說好的不一樣！

掉頭跑已經亂過一輪，結果還沒跑到華州，已經被大燕勤王的正規軍隊攔住痛揍了。

大燕的確是反應慢了點……因為這是個很坑的資訊落後的時代啊！但大燕並不是只有御駕親征。

留得一條命的北蠻殘軍跑到燕回關，傻眼。燕回關已經不姓北蠻。

在這個歷史謎團的「柳坡大捷」，慕容鴝覺得自己可能會成為第一個因騎馬致死的皇后時，很欣慰終於能落地，用畢生的修為綳住，矜持的允許說話都在發抖的主將與諸將兵晉見。

她沒有坐著見人……坐不下去啦！你試試十個白天都在馬鞍上狂顛看看！所以她盡量板直了腰站穩，帶著標準合宜的笑容，看著個個臉色通紅，興奮得幾乎昏過去的將兵們。

娘娘好美！娘娘好漂亮！娘娘看我看我！娘娘我喜歡妳啊！

事實上，這樣趕馬十天，不灰頭土臉真的很難，慕容鴝只來得及擦了把臉。至於有神人能頂著繁複美麗的髮髻然後馳馬不散的……總之慕容鴉不是這樣的神人。她現在只梳了條長馬尾，什麼首飾都怕被顛掉了，只有手上還戴了金鑲玉的手鐲。

但是站在面前，你就是知道，她是皇后，是國母，是全世界最尊貴的女人。

明明她不是穿紅，但是所有人只覺得，娘娘就是一團明火，溫暖而明亮。把所有的嚴寒黑暗都逼得很遠，看著她心就火燙火燙。

在世家子弟的眼中，冒出來的是「所謂的婦德，之所以要求貞靜，不過是因為巔峰所要求的峻節高聳，有智慧有丘壑太難了，才退而求其次的中庸。娘娘您這樣才叫做母儀天下，為天下婦人表率啊啊啊！」

在百姓子弟的眼中，就是「娘娘您真的是仙女，真正的仙女啊！求日後娶媳婦像娘娘的百分之一！」

在還沒有「女神」概念的大燕，慕容鴉已經成為這群腦補過度的將兵心目中的「女神」。問題是這個女神連破滅的機會都沒有，她視察營區，親手帶著娘子軍救護傷兵，甚至幾次為了傷亡落淚，親自為陣亡將士主祭。

最後還傷心欲絕的說，「都怪我。」

哇靠！娘娘您就是我的女神中的女神啊!!我願意為您死啊！死個一百遍也不要找啊！求娘娘不要露出傷心的表情啊！

見過女神娘娘之後，常有官兵走著走著，就發出狼嚎，然後被同袍一湧而上的痛揍。揍著揍著，忍不住自己也狼嚎，然後又被其他同袍按著痛揍……

至於被娘娘親自包紮手臂的傷兵，帶著非常夢幻的笑，傷口好了還是小心翼翼的將布帕洗乾淨，照樣紮在手臂上，後來變成流行……

總之，已經非常穿越的擁有西方騎士浪漫的大燕軍，又升級成女神狂熱粉絲，比二十一世紀的什麼國民美少女還狂熱很多。

於是慕容后鶲，成了第一個不懂軍事卻在軍中擁有廣大人心的第一人。幾乎人人皆願為娘娘效死。

只能說偶像效應實在太威了。

坦白說，這場「大捷」跟慕容鶲的關係真的不大，她一箭未發，一敵未殺，死趕活趕才在戰場露了個面……可史書卻把功勞全歸給這個不懂軍事的皇后，成為她最初最顯赫的功績。

這不是她的初衷，甚至也不是任何人的初衷，只能說她的堅毅和覺悟很強烈，而慕容雙煞的宣傳戰非常威猛。

這場戰役不但將慕容鴻的軍中聲望刷到破表，無意中還讓原本青黃不接、缺乏士氣的大燕軍，突然有了目標和魂魄……偶像崇拜到極點是很恐怖的力量。

連帶的，連豐帝的聲望都刷新不少……因為犒賞官軍的時候，慕容后都將豐帝冠冕放在上位，讓將官們知道，皇帝心繫邊關，實在是健康不許可，精神是與大家同在的。

但這個偶然，卻意外的促進女神形象再次進化而昇華。

娘娘這麼美麗堅毅善良（以下省略三千字正面形容），世間的男子也只有皇帝勉強配得上了。豐帝絕對必須是個好皇帝！這樣他們才會覺得，啊，娘娘成為人妻是可以接受的事情。

而且吧，娘娘是人妻了，自己奢想不上，別人不也奢想不上？樂了，於是在諸多心理活動後，慕容后鴻立刻登上雲霄被膜拜，昇華到不能再昇華，完全超越了西方騎士「為女士而戰」的高貴浪漫。

玩宣傳戰的也樂了。世界上沒有比玩宣傳戰卻必須包裝一個廢柴更令人痛苦的事情了。明明沒有料，還得捂著良心吹牛皮，是個人就不想幹。但是慕容府出身的皇后娘娘，那可是驕傲啊。哪個女人能夠這樣拚命的想上戰場，連追十天！沒有崩潰沒有病倒，到地還真正愛民如子。不用誇張的說，都是個仁君的規格了！不見最後諸將跪地哭求娘娘回京麼？還立軍令狀不打得北蠻子哭著回去找娘就拿腦袋來償了。

這可不是玩宣傳戰就能達到的酷炫目標！

可惜了，國丈爺死死的壓住不准跟著傳。會讓諸將哭求娘娘返京，就是有回差點打到娘娘前面，把兵將嚇得魂飛魄散。結果國丈爺慕容駿，拎了兩把流星錘，飛身上馬，七進七出的殺了個血肉橫飛，連人帶馬一起錘爛，把戰局穩定了，一口氣推出了二十里，真把將士們都驚呆了。

壓陣大將請罪，還請國丈爺理事，結果慕容駿很帥的一擺手，「兵者，國之爪也。豈容無知外戚擅權，自斷國爪乎？」

馬的，這話說得多漂亮多有水準，可以直錄進史書有沒有?!真令人扼腕，國丈爺一心想低調，宣傳戰上好的資料只能遺憾的雪藏。

懷著這種遺憾，只能使勁的將帝后聲望往外傳，轟動燕雲十八州，並且大江南北傳遍。

慕容鴴看看覺得自己在這兒也沒什麼用處，搞不好還會拖後腿，才讓老爹護送著載譽返京。

回京的時候，大年初三。出京不到兩個月，已經恍如隔世。豐帝到城門口親迎，慕容鴴還能沉靜的將帝王冠冕交還，豐帝卻半跪著讓慕容鴴親手替他戴上。

百官和百姓都異常感慨，連最囉唆的言官都閉嘴了。慕容后不容易啊，一個女人奔赴戰場，還打了勝仗回來（？），皇帝對她屈一膝真的是應該的。

不然真放任北蠻圍京……這臉真丟不起。

直到帝后獨處，慕容鴴才抱著豐帝的腰，哭得那是一整個傷心。

出京近兩個月，對慕容鴴來說真的是個太震撼的教育。其震撼度差不多就是，正在笑著的時候，被人掄圓了胳臂一巴掌搧到牆上然後腦震盪。

一路走來，百姓慘狀難以細數，家破人亡，數里可聞悲鳴。馬革裹屍聽起來很帥，可是親眼看到真不是能夠接受的。

向來都是被當閨秀一樣教養，連叫化子都沒見過幾個。慕容府對佃戶向來懷柔，以張仁義刷聲望值，她嫁妝田莊的佃農過得不錯。當了王妃，豐帝還是七王爺的時候，內宅懶得管，卻很關心轄內佃戶百姓的生活，是讓外人忌妒的金包銀皇莊。

原本只是書上幾行乾巴巴的形容，突然變成淒慘的現實逼在眼前，慕容鷀真心受不了，才會忘情哭了說，「都怪我。」

事實上只是她良心太飽滿，又有個中二的老叨叨著「民為貴，社稷次之，君為輕。」的叛逆老爹，對階級只在禮法卻不怎麼看重。所以她認為身為皇后，之前卻只是應付了事，導致百姓流離失所，將士捨身為國還吃不飽。

是的，軍中的飯真的很悲慘。有的還是發霉的米，但還是得吃，因為沒別的可吃了。她深深感覺到，自己就是「何不食肉靡」的昏君。

於是原本有點消極，遲遲沒辦法從「王妃」轉職成「皇后」的慕容鷀，一傢伙三轉了，不但轉職成「皇后」，還進化成「國母」。

國母跟皇后，看起來相同，本質可差得非常遠。

豐帝默默聽著向來堅強的妻子哭訴，只是順著她的背安撫，衝擊倒是不那麼大。他還是七王爺的時候，能和他來往的不過就是幾個老農小商和書生，他更明白百姓的苦狀，很有一些心理準備。

「阿豐，你是皇父，我是國母，沒有見子女飢饉被賊所傷，然後坐視不管的。」聽愛妻哭得這麼慘，他也非常難受。「會好的。一切都會好的。」他絕美病白的臉孔堅毅起來。

——所以他頂著壓力把慕容鴝拖著一起上朝了。

坦白說，就大燕此時的現況，起碼要有十個皇帝頂在前面集思廣益，才有可能逆轉沉船的命運。眼前的事情千頭萬緒，還有一個功能非常低下的朝廷，不抽不動，來個雍正帝恐怕五年就過勞死順便亡國，這還是有名勤政的皇帝。

因為文官逃跑了一些，非常丟臉。武將各種病、各種傷，龜縮不出，結果皇后凱旋歸來，也只能低頭不語。御史言官……有份量的外派去平民亂了。

盧宰相，盧宰相？您說句話啊盧宰相！您趕緊說說皇后上朝不行啊！

盧宰相，已裝死。

他老人家這兩個月是捧著心，沒事就滴兩滴眼淚，對文武百官從憤怒到沮喪直到絕望了。居然要未來的太后去督軍！萬一陣亡怎麼辦？皇子死國並不是特例！刀槍無眼以外，還有可怕的流矢！

未來的太后薨了，大燕真的完了。他已經打算去皇后娘娘的墳前上吊，史書還能搏個好名兒。

幸好，幸好娘娘好好的回來了，但也瘦了一大圈，憔悴了！萬一落下病根怎麼辦？那是大燕未來的希望！

皇上很好啊，好得不能再好。又英明，又睿智，還知道不躁進，腳踏實地……可是娘娘出京兩個月，皇上病了五回。他快嚇死了有沒有?!

娘娘上朝好，大大的好！誰想給你們這群廢物當槍使？當我智商不足?!

盧宰相裝死得非常心滿意足。

於是在有些詭異的平靜中，帝后同心協力的立志，要將這艘破船，打造成大燕號航空母艦。

但是老天爺總是挺有幽默感，決議要讓這兩年貫徹為大燕抽風年。

晴天霹靂，北蠻求和獻妃。至於那個妃，已經隨北蠻使節團抵京，決議要來個強買強賣。

豐帝和慕容后面面相覷，只覺得被雷劈得焦黑，堪稱執政以來最重大的（夫妻）危機。

其實北蠻使節團也是一波三折的。

前線打得正熱鬧，突然北蠻收兵了。但是在這個時空沒有〇〇七，情報系統一整個悲情，努力打探只知道北蠻不曉得為何內鬨，新上任的首酋求和。

這首酋使來的使者很驕傲的操著不太標準的燕語說，「使大燕公主依漢時規和親。」

這個使者連燕軍大帳都沒得出，被打成血葫蘆，凶手都揪不出來……在帳內的大小將兵一湧而上，真不好說是被誰打死的。

剛被女神光環激勵得嗷嗷叫的大燕軍哪能容忍這種事情？又不是打輸了，和親？肖想我大燕貴女？死遠點！

本來以為斬殺來使會激化戰爭了，結果首酋居然姿態很低的派了兩個斯文些的使者，說前一個使者粗魯不文，話都傳不清楚。事實上，他們是想正式提使節團入京，獻國書和談。

這個，就輪不到他們軍隊說話了。將信將疑的使快馬回京奏報，鴻臚寺上奏，豐帝批准了。這本來是正常流程，打仗不是外交的唯一手腕，談判也是重中之重。

於是浩浩蕩蕩的北蠻使節團上京。獻國書卻加了一行雷人，雷得大燕朝廷外焦內酥：和親不行，那麼北蠻願意被和親，人選已經跟著使節團一起來了，北蠻最美麗的女人，號稱草原上最優雅的白鳥。而且呢，還是首酋的女兒，算公主了。

聯姻嘛，都是親戚，你不打我我不打你。

這招先斬後奏、強買強賣，讓大燕朝廷掀起狂濤怒潮，也讓後宮翻雲覆雨。

前朝贊成和反對的五五開，後宮帝后戰況也非常激烈。戰損如下：兩幅床帳被撕毀，陣亡一套茶具和花瓶擺設若干。

然後一直非常恩愛的帝后，好幾天不講話。

皇后大概是不願意。哎，果然年紀還太輕，又一直獨寵。再怎麼睿智還是有不懂事兒的時候……連盧宰相都這麼想。

但是，這個和談條件，還是可以的。現在不是打仗的時候啊！燕雲十八州正是雨雪交加的時候，運輸更不便利。現在這時代，糧草運輸馬的還是用腳伕推獨輪車運的哈！看看戶部，好了，欠了十年國債。現在的軍需是怎麼來的？弄得皇后現在頭上還在簪烏木釵啊喂！是全國上下的官員內眷刮了一層油水來的！

這是可以永續維持的來路嘛？別鬧了。

銀錢不湊手，連糧草都運輸艱難。好了，能頂兩個月就要斷糧了，面臨接不上的窘境。趕緊的，和談就和談吧，北蠻既然內鬨，總有個兩三年喘息，獻妃被和親，大燕的面子也夠了。

皇后不要任性啊，乖。皇帝也是身不由己……後宮總是會進新人的。

事實上，慕容鵜這只黑鍋背得非常冤。

馬的她是贊成和談的那一個啊！抵死不從的是豐帝！

豐帝不肯，說什麼都不肯。他少年陰影實在太重了，最恨別人強迫他睡誰（或他被睡）。而且這個有抱負有理想的青年，好不容易遇到一個身心靈都契合的愛侶，結果他愛得如痴如狂的老婆卻要他去睡別人！

他的內心受到嚴重無比的創傷，整個泡在淒風苦雨中。而且還不小心聽聞，大燕軍言必稱娘娘，愛戴得要死……更雪上加霜了。

於是整個陷入「我的愛成為大家的偶像，而且我的愛人為了社稷寧願把我推出去賣肉」的淒涼想像無法自拔。

冷戰三天，慕容鴒氣勢洶洶的奔進來，對他吼，「糧草只剩下兩個月了！這些只夠讓部隊回防，沒辦法繼續打了！」

豐帝哭了。

「妳心裡只有軍隊和社稷，我居然得排在他們後頭！」豐帝睜著朦朧的眼睛梨花帶淚，一字一喘的說，「我知道我只是絲蘿，配不上妳這樣的猛虎啊！嗚嗚嗚……」

慕容鴒安靜了。自戰場返京，她知道不能急躁，內心卻憋著一把狂怒的火。她最大的優點，甚至是後世評論她最大的讚嘆就是，慕容鴒一直是個善於化悲憤為力量的人。

很少糾結自尋煩惱，遇到任何困境都很快的恢復過來，然後將任何負面情緒化為力量。

她以為自己控制得很好，也強勢得很適當。但是，再怎麼說，都不該拿這壓折已經太苦，對她全心全意的夫君。

她想到閨中大學士傅佳嵐的一幅猛虎圖，水墨畫就的白老虎，彎著身子，低頭靠近一朵薔薇，那薔薇是整幅圖唯一豔麗的顏色。

「阿豐不是絲蘿。」她俯向豐帝白芙蓉般的臉龐說，「我心有猛虎，在細嗅薔薇。」

豐帝也想到了那幅畫，這對七世紀的帝后，非常超脫的理解（或說曲解）了二十世紀的詩人Siegfried Sassoon＊的詩作〈In me, Past, Present, Future meet.〉＊。

於是相擁而泣。皇帝和皇后是沒有任性的權力。

＊Siegfried Sassoon：西格夫里・薩松，英國詩人、小說家。在第一次世界大戰服役其間，寫過許多反諷戰爭的詩歌，並以此而聞名於世。

＊In me, Past, Present, Future meet.：西格夫里・薩松的代表詩作〈於我，過去，現在以及未來。〉其中的經典詩句In me the tiger sniffs the rose，詩人余光中翻譯為「我心裡有猛虎在細嗅著薔薇」，呈現出人性中狠戾亦有柔情的一面。

納妃其實也就是一頂轎子的事情，沒什麼儀式……只有納后才有儀式好嘛？倒是允許北蠻侍女一起入宮，但是才入宮門就被全體扣押了，直接送去浣衣局以畢生洗衣為職志。

慕容鶲不蠢好嗎？這群北蠻侍女不對勁好嗎？又會說燕語又會講北蠻幾種語言，還沒進宮就在鑽營宮內門路，以為她是死的嗎？去洗衣吧，不要鬧了。

豐帝沉著臉，點了四個武藝最好的暗衛陪他去洞房花燭夜。

……你真的要叫他們在旁邊看嗎？

但是已經吵了太多架了，慕容鶲真的不想再傷害夫君的感情，保持沉默。

其實吧，這個北蠻獻來的妃子真的長得不錯，皮膚粗了點，但的確雪白輪廓深。身高稍微高了點……將近六尺吧（約一七五公分），站在她面前，慕容鶲稍微有點壓力。

只是驚人的瘦，想想搖晃了一個月才到京城，大概是暈車吧。

慕容鶲知道自己會睡不著，所以讓御醫用了雙倍威力的安神湯，喝下就睡死了。天大的事美美的睡一覺就好了。

結果她睡到四更末就被搖醒……或說被豐帝冷得要命的手冰醒。

她迷迷糊糊的張開眼睛，看著眸燦如星光的豐帝發愣。「北蠻妃我已經定好了，封為鸝妃。十月生下小皇子才有個身分。」

慕容鷂沒聽懂。封為鸝妃，嗯，了解。名字的意譯是「草原最美麗的白鳥」嘛。但為什麼十月就能生下小皇子？

現在是四月初。明明十月懷胎。而且你才跟她過一夜就有？七個月就生那也……

她頓時清醒了。

豐帝笑得靦腆溫柔，「鷂鷂，我雖然只算粗通醫理，把個喜脈還是不會出錯的。」他湊到慕容鷂的耳邊細語，「鸝妃懷胎三月了哩。」

「……你說啥?!」慕容鷂雖然沒有尖叫，但聲音都畢岔了。

豐帝也感覺到一切都很峰迴路轉，風格非常魔幻。

這天他板著臉去了北蠻妃的宮殿，只打算坐個一夜不讓史官囉唆就算了，把所有的宮女太監全趕出去，隨侍的只有四個沉默的暗衛。

結果，據說「語言不通」的北蠻妃，突然撲到他面前伏地大哭，讓暗衛刀劍出鞘，她卻視若無睹的操著不太標準的燕語說，「大可汗！我有冤情上報！」

豐帝瞠目看著北蠻妃，「妳會說燕語？但是來使說過，妳不會！」

「我若讓他們知道我會，就活不到現在了。」北蠻妃淚流滿面。

沉默片刻，「來人，賜鸝妃水。坐著，妳說。」

鸝妃的確是北蠻最美的女子，是現任首酋的女兒。但是，她也是前任首酋的妻子。

前任首酋說起來，和慕容皇室真的有點關係……三百年前是一家，就好像當時的慕容府家主是堂兄，這位首酋的先祖是堂弟。屬於不願入關、北歸的慕容氏之一。

北蠻構成本來就複雜，有個鮮卑氏族跟著混也不是太奇怪。問題是前任首酋拓跋實在是個雄才大略的人物。他一心要統一北蠻，後圖西域，實力累積夠了，就想跟南燕爭一爭天下。

其實他幹得也不錯，還娶了另一個北蠻大氏族的女兒（鸝妃），也強力統一了大半的諸氏族。如果沒有意外，說不定真讓他有生之年達到了偉業。

但他就敗在太文明了（相較其他氏族）。

他重用漢官，也約束臣服的氏族要講忠義，這個，和北蠻許多風俗習慣都有抵觸，而且還因為重用南燕人壓縮許多貴人的話語權，難免會讓其他人有「非我族類其心必異」的感覺。然後還要他們對奴隸好一點？講仁善？這不是學了南人的軟弱嘛？那貴人貴在哪？

本來也不算大缺陷，慢慢教化說不定也能有一統北蠻帝國的可能，不幸的是，他的老丈人發現奴隸都想給女婿幹活，而且還跑了，非常不滿。然後常年當老二的老丈人，還是想當一當老大。

偏偏這次北蠻入關不是首酋拓跋的主意，他匆匆南來理事，發了很大的脾氣，讓戰敗的氏族不滿然後惶恐，害怕因為戰敗衰弱被這個雄才大略的首酋併吞了。

對別人保持著飽滿戒心的拓跋，卻對老丈人失去戒心，然後被老丈人酒宴後砍了。

鸝妃真是晴天霹靂，丈夫死了，身為妻子的就是氏族主人，她想逃回去整合氏族為夫報仇，卻被她老爹給捆了。

她破口大罵，結果在場其他氏族的主子發現大勢已去，居然就這樣默認了老爹的首酋……她恨北蠻全體一萬年！

原本她親生父親要把她宰了祭旗，結果第一次出使的使者連個全屍都沒回來。北蠻也不是沒有聰明人，有個貴人就提議：

首酋你女兒這麼漂亮，砍了可惜。聽說南燕皇帝都很好色，不如送給南燕皇帝吧。咱們這次出兵不利，還不就是不認識路，不了解南燕？反正你女兒又不懂燕語，就說要配幾個翻譯的侍女，然後使節可以常來常往嘛，把南燕裡外都摸清楚，下次就可以搶得穩穩的，說不定還能拿下南燕江山啦！

可惜這個首酋不知道出嫁的女兒已經跟老公學會了燕語，更沒想到這麼妙的臥底計會被慕容后粗暴的解決了，直接送去洗衣服。

原本已經絕食想死的鸝妃，發現非常準確的小日子，居然沒有來。於是她安靜的潛伏，抱著「可能有我家夫君子嗣」的微弱希望，安靜的熬到現在。她一直默默的聽，聽說南燕的可汗是個好人。

這才憋到見到可汗本人，直接向他喊冤。隨便怎麼都好，但讓她保有這個孩子。

豐帝被震得連話都說不出來。

未免太傳奇!!

他走過去，執起鸝妃的手。他這個久病而成的良醫，發現，真的是喜脈。

哇塞！這比什麼雜劇話本都曲折離奇啊喂！但是……這個……夫人，怎麼會這麼直率的都倒出來啊？明明她還知道隱瞞自己會說燕語，隱忍尋找出路啊……難道他看起來絕對是個好人？

當然不是，豐帝您誤會了。這只是北蠻和大燕宛如馬里亞納海溝的巨大文化差異。

北蠻並不在意「貞操」，奪人有孕妻子，生下的孩子高興的話可以算自己的，不高興扔去當奴隸。就看「父」認不認。鸝妃只是照北蠻習俗，求新夫主認下腹裡孩兒而已。

雞同鴨講之後，豐帝的世界觀被狠狠地更新了一把。

「……妳能保密嗎？」看鸝妃只是被握著手腕卻異常僵硬，很快的放了手，「放心，我會認下這個孩兒。」

「這本來就是大可汗的孩兒。」鸝妃一臉莫名其妙。「你恩賞就是你的孩兒。」她表情微微一凜，「難道，可汗要讓他去做奴隸？」她快哭出來了。

在巨大的文化差異下，豐帝覺得太陽穴有點痛，後牙齦也有點疼。

又一波更巨大的雞同鴨講後，終於讓鸝妃明白，大燕可汗把她當貴客招待，但是不能讓人知道他們沒同房。不然大燕習俗不能認下這孩子啊。然後這孩子會成為可汗尊貴的子女之一。

只是北蠻和大燕是敵對，這……

鸝妃沒想到自己有這麼好的運氣，覺得大燕可汗真是好人中的好人，感激涕零……說到北蠻，她粉臉含煞，「我恨北蠻一千年，我兒恨北蠻一萬年！」

豐帝倒是挺有耐心的和鸝妃聊天，對於鸝妃一開始還以為他是皇后的事情狂汗（後來被宮女糾正），但他終究是愛裝兔子的狐狸，左拐右拐的覺得真實性有八成左右，之後再去打探核實就是了。

他很開心。

如果鸝妃的事情是真的，他真的願意認下這個孩兒。一來呢，鬧出來沒好處，國事如麻，他需要跟北蠻和平相處幾年，打不起仗了。二來呢，百官老愛盯著他的後宮逼他睡新的小老婆，讓他又煩又惱怒。

但是吧，一個皇帝被懷疑「不行」，往往能力就會同樣被懷疑。壓力不是只有他在扛，會倒向還沒有孩子的鴒鴒，順便懷疑鴒鴒不賢慧。

他真痛恨這種世俗。

現在好了，皆大歡喜。難得他熬夜還覺得精神十足，趕緊跑去跟鴒鴒串供。

慕容鴒瞪著戴綠帽還高興得不得了的夫君，徹底的無語。她一直以為夫君是那門抽風貨出淤泥而不染的荷花。

「……不行！」她承認身世很堪憐……但同情心放在這裡不對啊！「皇室血脈不容混淆！」

豐帝的語氣卻很輕鬆，「沒事。反正前數四代的皇帝，血脈別提了，連腦漿都混淆了呢。」

「…………」

你這樣說你爹你伯伯們好嗎？

結果夫君還是抽風，只是抽風在比較奇葩的地方。

……當初為什麼不逃婚呢？慕容鴆再次的悔不當初。

慕容鴆深深陷入「一心想當個嚴守禮法的好皇后，奈何夫君抽風扯後腿」的憂傷中。

這個事情，真不能這樣辦，國法禮教都不容。她曾經咬牙狠狠心，想悄悄的熬個藥把孩子下了，抹掉這個綠帽子的鐵證。

省得東窗事發，鸝妃的性命絕對不保，引起北蠻藉機生事，豐帝也順帶的蒙羞，名譽受損。

但她還是遲疑了，手軟了。尤其是見了鸝妃……一個年紀才十六的小姑娘。就大燕的審美來看，手長腳長，卻像是匹非常美麗的小馬駒，大大的眼睛泛著水光，柔弱小動物似的純善……

雖然日後她醒過味來，咬牙發現又是一隻裝兔子的狐狸，把慕容鴆氣得夠嗆。但也不得不承認鸝妃真的有種純樸的大智慧，本能的善於取捨。若是一開始她就欺騙，最後帝后處理起她完全沒有心理負擔。但她立刻投之以誠，正因為她什麼都沒有，反而讓有些許良心的人沒辦法辣手。

雖然當中還得益於巨大的文化差異性，但鸝妃的處置真的非常大氣，很有閼氏（首酋妃）的風範。

向來善謀能斷的慕容鷂猶豫不決起來，最後只是先把送去洗衣服的那群女間諜抓去鴻臚寺（大燕外交部）關起來，由大理寺贊助刑求，並且發函給邊關設法了解北蠻內闈的真相，再跟她老爹求救，看能不能摸一摸北蠻的底。

最後三方匯集的情報居然差不多，鴻臚寺還小心翼翼的來科普了一下北蠻風俗，言下居然覺得娶了前首酋妃還是挺有面子的事情。

……哇靠！你們大腦結構還健全嗎？禮教都嚼碎吞下肚了？奪人妻怎麼成了有面子的好事了?!

一轉頭，看看大燕後宮，她果斷枯萎了。

二十年四朝天子，真是糟爛透了。奪人妻算什麼，搶弟媳的，搶兒媳婦的，還有偷自家老爹小老婆的！馬的這些都入後宮了啊！更不要提她那死去的公爹笑納了前三個天子的後宮佳麗！

這不是禮樂崩壞，而是乾脆視禮教為無物。

難怪鸝妃能矇混過關，在一個立場混亂邪惡的後宮，什麼都能夠發生了。

終於把情報比對理順了，發現，居然就沒個人知道鸝妃有孕。因為鸝妃她根本不害喜啊喂！結果這個捅破天的瞞天過海計，居然就這麼安靜，算起來只有她和豐帝外帶四個暗衛知情。

那四個暗衛倒是自請邊關敢死營，豐帝非常大氣的一擺手，「朕用人不疑。」依舊安排他們貼身護衛。

然後慕容鴉忿忿的又暗罵了一聲裝兔子的死狐狸。

這種事情，就算暗衛跑出去宣傳……十個有九個當他是瘋子，剩下的一個立刻報官了。升斗小民有綠帽疑雲都可能血濺五步，皇帝怎麼可能歡天喜地的接受這件事情？

用膝蓋想也知道不可能!!

但她夫君這種奇葩的思維，連大宇宙意志都無法理解，愚蠢的凡人怎麼能夠洞察？打LOL都沒人帶洞察了！

情報往來拖太久，鸝妃開始顯懷了。然後普天同慶薄海歡騰，差點兒滅門的慕容皇室添丁進口，大大的好事哪！

慕容鴆安慰自己，這時候灌藥太晚了，鸝妃還是燕蠻和平象徵，不能有失呢。一點都不肯承認事實上她偷偷鬆了一口大氣。

有抱負有理想的好青年豐帝歡脫的拖著偶爾（？）故障的病體去為國家大事捨生忘死，探望鸝妃的重責大任就顛到皇后的肩膀上。

鸝妃倒是很開心，她的燕語不是很好，也就帝后這對聰明到不正常的人類才能交流。明顯的，鸝妃比較喜歡慕容鴆，還表示過皇后很像她家老公，甚至批評好心的皇帝其實當皇后比較合適……各種方面。

雖然去探視心情都很複雜，溝通也沒有什麼障礙。但是睹慕容鴆思死去老公的鸝妃，常常說著說著就一把眼淚一把鼻涕，即使關起門來說話，宮女太監總是親眼看見「皇后弄哭新寵鸝妃」。

各方紛紛腦補，補得比「宮心計」還凶殘萬倍。

慕容鴯知道的時候，為時已晚。正要發脾氣設法闢謠……時不我予。天氣太熱，豐帝因為暑氣勾起心疾，病倒了。所謂禍不單行，五朝元老盧宰相，吐血躺平了。

事實上，盧宰相只是拉了太多年的犁，折磨出胃潰瘍了。但是吐血看起來太可怕，而且人家年紀已然六十……在平均壽命四、五十的時代，已經是號稱活過一甲子的老翁了，跟他同齡的先帝，已經在去年心肌梗塞駕鶴西歸。

後宮的謠言滾去死吧！誰還管你們宮鬥不宮鬥，有那工夫我還不如來補船啊！

民以食為天，南方，夏旱。

在皇帝和首宰一起躺下的時候，皇后娘娘鐵青著臉上朝，文武百官從鵪鶉進化為瑟縮的鵪鶉。

御史們心底很複雜，藏在袖子裡的奏摺攢了又攢，還是閉嘴沒抽出來勸諫了。馬的能當家的都躺了啊！現在講什麼後宮不干政……你來？

慕容鴯想起督軍路上，有小老百姓誠惶誠恐的獻飯食，吞都吞不下去，差點把喉嚨割傷的飯，卻是他們僅剩的糧食。好像叫做……林邑稻*？

「徵求天下高產糧種。」慕容鴯拍板，「賑濟由戶部擬定個章程給本宮。但是永遠救急不救窮。本宮以所有嫁妝田產所出懸賞，求不畏澇旱高產如林邑稻者，播種後如本宮所求，不吝金銀官爵！」

嗯，終於給百官發揮空間，可惜面對一個邏輯太健全發達的皇后，這個「千金買糧種」的廷議，成為慕容后在政治上站穩腳跟的第一步。

什麼都是虛的，先讓百姓能吃飽肚子，才是實在的。吃飽了就不容易造反，只要百姓安定才有改革的時間和空間，所有的一切莫不由此肇基。

林邑稻真他馬的難吃，嗓子細一點的人都吞不下去，種植的人很少，大半都是拿來當豬食。但是種植期很短，南方兩個多月能收穫，北方一百多天也能收穫了，只是怕霜雪而已。但是產量極大，而且不怕地薄、不怕旱，略能抗澇。

獻林邑稻種的人忐忑的上京敬獻，結果皇后親自率百官出迎，因為已經有大規模種植並且由御史核實，賞賜以千金。

天下掀起一股高產農業的風潮。司農在朝地位大大提升，並且被非常重視。

＊林邑稻的雛形是占城稻，當然沒那麼神奇。只是架空嘛，讓我出個作弊器……（轉頭）

雖然不至於逆天的在七世紀出現地瓜，但的確在皇后帶頭鼓勵農桑的習氣下，出現了更先進的農耕器具和技術，這股蓬勃的風氣替豐帝這朝出現中興氣象。

即使是捧著難吃透頂的林邑稻飯，天下百姓卻對讓他們能日日吃飽的皇后娘娘感恩戴德。

只能說，慕容鶲還真是好運氣。很有幽默感的老天爺沒趁機耍她幾下，來個千里大旱還是黃河大潰堤之類……小打小鬧的讓她過關了。

捂著胃上朝的盧宰早知道了，欣慰得憔悴的老臉笑得皺紋都開了。和捂著心的豐帝相視一笑，君臣就沒有這麼靈犀一點通的時候。

瞅瞅，咱們皇后娘娘（未來的太后）不挺好嘛？白痴才跳出來喊什麼後宮不干政。是無知者不干政，這麼能的娘娘，拘在後宮無聊的看畫眉鳥兒，浪費大發了有沒有？

結果鸝妃發動了……懷胎七月就發動了。

服侍她的宮女還意所有指的說，皇后探視過，鸝妃就哭了一場，然後就不太好了。

盧宰相為難，捂著胃小心翼翼的勸了皇后娘娘幾句。

皇后娘娘，已面癱。

慕容鵷瞬間覺得，她真的比屈原還冤。

能從蠟燭多頭燒的狀況下擠時間去探望鸝妃是很不容易的事情，連三皇子都好久攔不到娘娘請安了。

只是慕容鵷知道鸝妃真正的預產期，這個可憐的寡婦自覺安全之後，有些喪失求生意志。提心弔膽的慕容鵷特別排除萬難來給她寬心，求生產順利。

費了老鼻子勁兒才終於打探清楚前首酋的身世，雖然久不用，還真的是姓慕容的。拓跋是音譯，意思是「元」。所以是三百年前的遠親，慕容元。

雖然是八竿子打不著的遠親，好歹還是親戚兼同宗好吧？姓慕容不奇怪啊，一點都不奇怪。至於慕容元的氏族，雖然是個複雜的圖騰，北蠻用語翻譯過來黏牙的念不清楚，但是意思就是「某種神獸頂著天」（吧？），慕容鵷拍板取名為「擎」，取氏族「托天」的意思。

皇后娘娘拍著胸脯保證，雖然沒辦法回到草原（鸝妃老爹殺了她老公），但是一定當成自己的孩子教養，而且將氏族的名字給孩子。

一解釋清楚，鸝妃就開哭了，哭得要多慘有多慘。她本來以為孩子保不住，保得住也可能變成奴隸，跟大燕宮女學說話，又好死不死聽到許多複雜得要命的宮鬥，開始擔心孩子會被人工的養不活。

結果忙得幾乎發瘋的皇后，跑來溫聲軟語的告訴她，沒事，親戚家孩子呢，收養應該的，連氏族的名字都給了，妥妥的。

「孩子一定會成為您和皇帝的劍刃！」鸝妃發誓。

很累的皇后娘娘擺手，「不用那麼辛苦，乖乖長大就好。」

慕容鴝原是好心，結果又被個巨大黑鍋蓋得頭昏眼花。

鸝妃「足月早產」，她皇后的光輝形象被抹黑不少。氣得快吐血。結果還是得把血嚥下去，表情不怎麼美妙的讓賠笑的皇帝帶著，探視新生兒，是個男孩。

畢竟還是得做給人看，燕蠻國際友好的「聯姻果實」，總得表示一下。

雖然慕容鴒名下有大把的孩子：三個庶子，兩個侄子，兩個姪女。每次來請安加上乳母宮女都聲勢浩大，但她真的沒見過新生兒。

看起來有點可憐，紅通通的，眼睛都沒睜開，瑟縮發顫的哭，聲音跟小貓一樣。只有一點點大，都擔心是不是有問題。

然後，他抓住了慕容鴒的小指，小嘴蠕動著。

這一刻，註定了他成為豐帝和慕容后一生中，最特別的孩子。甚至連之後慕容鴒親生的獨生女，都沒有越過他獨特的地位。

第一次總是最讓人難忘。明明知道這孩子跟他們的血緣關係稀薄到接近沒有，卻是第一個從未出生關懷到出生，第一回讓帝后明白了新生命的神奇。

豐帝雖然早有三個庶子，但是在年少執拗時，連一眼都懶得去看。這是他頭回抱起嬰兒，深深的被撼動了。

慕容鴒的感覺更複雜，更深沉。她早就領悟過來，豐帝何以如此的深層理由。這個孩子更代表了阿豐對她無比沉重而且執著的愛意，寧可自污若此……

執著到「戴綠帽當擋箭牌也無所謂」的地步。

——於是正常世家女慕容鴒也被開啟了奇葩思維的新領域，往不正常的電波系狂奔而去。

豐帝登基後，宮中誕下小皇子，真是可喜可賀，臣庶同歡。

雖然是早產，皇后娘娘實在有點……（你懂的），但不是非常健康嘛。這件喜事真的是非常重大，甚至是豐帝脫離「新皇」的第一步。

一個男人嘛，能夠誕育下子嗣，表現某種「男子氣概」，那身體就沒有大毛病。弱了點而已嘛，行的，宮裡什麼醫藥沒有，養得好嘛。

最少盧宰相安心不少——多爭取了養成未來太后的時間。

北蠻那邊還在內鬨，畢竟新首酋的聲望值遠遠不如前首酋。聽到女兒生了南燕皇帝的兒子，也樂了。南燕不打過來就好，不然這頭還在打，南燕又來發瘋，不大撐得住。

首酋臉皮也夠厚，差使節來求賞——之前沒要嫁妝太虧了，現在是不是給點賞？女兒都給你生兒子了！

使節團被鴻臚寺灌蟋蟀似的灌了幾個月的酒，都忘了去跟間諜接頭，最後抱著宿醉未醒的腦袋，樂顛顛的拖了一堆奢侈品和幾尊佛像和佛經回去了。

（結果鹽鐵糧食一毛也沒給。）

百姓倒是覺得這是個好兆頭，多子多孫有沒有？皇帝加總都有四個兒子了，多喜慶啊！

大家都很歡樂，連背了黑鍋的皇后娘娘都嘴角抽搐兩下，還是眉開眼笑的抱著越來越白嫩可愛的阿擎傻笑。

萬幸慕容家的美人基因實在強而有力，明明沒有什麼血緣關係，慕容擎的輪廓居然有點像豐帝，還有慕容皇室常有的雙眼皮兒，連作偽都不用了。

慕容駭對他這傻閨女實在萬般無語。又不是妳生的，不要樂得這麼傻行不？

結果一大堆想安慰的話都堵在胸口，悶得快憋不過氣。

「想得開就好。」慕容駿悶悶的說。

「兒有什麼想不開的？」慕容鵷奇道。

慕容駿張了張嘴，突然覺得自己像白痴，非常俐落的遷怒，「就不該將妳交給長房教養！人都賢慧傻了！」

慕容鵷已經日益電波系的思考迴路，居然沒辦法和她老爹恢弘大宇宙思維調到同個頻道。

「說吧。」慕容駿悶悶的，「找妳阿爹來幹嘛？」

慕容鵷肅容，「阿爹，我仔細想過了，之前的軍功什麼的應該為您請……」

於是皇后娘娘被國丈爺按著揍了一頓。

慕容鵷護著臉倉皇逃跑，「阿爹打我幹嘛?!」

「我捶死妳這坑爹又坑本家的死丫頭！不要跑！」老爹爆發了，「教妳讀史都讀到哪個爪哇國去了?!」

最後，大燕最尊貴的女人被她老爹收拾了。

氣哼哼的國丈爺開罵，「好的不學學壞的，現在就知道以權謀私了？將來如何是好？愚蠢！跟妳老爹還耍花招？想把慕容府都綁到妳這輛車？開始玩權謀了？」

「阿爹，兒沒有這個意思。」慕容鵷委屈了。

「捶妳就是告訴妳，連這個意思都給我摁死了！想都不要想！兒啊，妳和女婿現在是大燕的當家人，但是家天下絕對是最差勁的！妳重用了外戚，喔，那宗室來討權，妳給不？太妃的娘家也來討，妳要不要敷衍？侄兒姪女的舅家？這個口子一開，好了，全讓皇親國戚包圓了，妳嫌世家這包袱還不夠重是吧？馬的科舉是幹什麼吃的，天下取士是為啥？公天下妳懂不懂？不懂我拿三車史書把妳給埋了，省得慕容府因為外戚這身分被妳給坑到滅族！」

愚蠢的鴒姐兒抱著英明阿爹的大腿哭。

「其實阿爹是不想被官作吧？」終於轉過腦筋的慕容鴒猜測。阿爹其實還滿煩人事往來的。

然後榮獲慕容雙煞之一的穿顱手，被打得眼淚汪汪。

原來當皇后還是沒有免死金牌……照樣還是會挨老爹的揍。天生的種族壓制，妥妥的。

慕容駿會這麼大開大闔的武訓皇后女兒，實在是因為他智商高得寂寞如雪了。

所謂聰明得沒有朋友，指的就是他這種人。

瞧瞧朝堂吧，最具有代表性的盧宰相，是健康開始出現故障的老翁了。六部尚書年紀只有比他大的，沒有比他小的。

別瞧一個個裝得跟鵪鶉一樣愚蠢瑟縮……假的！能平安在這二十年活下來的官兒哪個不是識時務的聰明人，不識時務不聰明的，墳頭的草比他高了。

然後這批聰明人都老了，要退休了。

時局不穩就算了，偏偏女兒女婿把大燕擼了起來，很像不會沉船了。眼見一堆高級蘿蔔坑，還不打破頭的搶？

慕容府的確一直很清醒，他馬的家主清醒不見得其他房也全是清醒的啊！現在就在鬧了，若是他這個「外戚」真當官了，喔，這些廢柴們還不削尖了腦袋更鬧騰？就算原本不想鬧騰，也有趨炎附勢的小人捧著唆使著鬧騰！

現在已經有人在外面耍威風說自己是國舅了……

你馬！老子只有一個女兒沒有半個兒子！瞧瞧這種智商，真能不把慕容府坑到滅門嗎?!

慕容駿其實很有自知之明，非常清楚自己實在不適合在官場混。跟他的能力和智商沒關係，主要是他有張破嘴。但明明知道自己嘴賤還痴心不改……只能說中二的堅持你們不懂！

實在是他瞧不起現在的世家子……讓他瞧得起的一隻手數不滿。

這麼順順當當馴養了將近三百年，世家子弟當中即使有精英，但是更多的是「出入要人扶，看鹿說老虎」，想養個好氣度，結果只會裝得特別二百五。有個好姓，行了，眼睛可以長在頭頂了。馬的堂堂男子漢，結果在傅脂粉，講究什麼「手白如玉柄」。矜持個破禮儀矯揉造作，個個都以為自己有經天之才，結果只會不知所云的清談。

謀生能力是一點都沒有，只能趴在家族上當吸血蛭，唯有架子裝得比誰都高。真的比紈褲還讓人不齒。紈褲最少還有塵世的追求，這些「好風儀」的世家子，根本不知道自己在追求啥啊喂。

這怎麼能讓慕容駿忍住不噴毒汁，寧可繼續賤嘴呢？憋久了一定會短命，他還得愛惜有用之身，他的兒和女婿只有他這個爹，他爹只有他這個兒。

說慕容駿從來沒有「習得文武藝，賣予帝王家」的雄心壯志，那也是假的。老婆剛死那會兒，他老爹看他一副也要殉情的樣子，把他扔去通州當個族兄的幕僚。

結果沉默了三個月，忙完秋收，終於憋不住吐了半口血，開罵了。內容大約就是數落世家子的那串，他還覺得自己有所收斂修飾，結果換他族兄氣得吐血了。

於是他就回家奉養老爹女兒了。

——然後快樂的糟蹋他堂兄……慕容家主是他堂哥。要收服慕容雙煞總是得忍受某些副作用，譬如愛陰人（慕容潛），譬如嘴賤（慕容駿）。

他對世家和官場，實在有太多看不順眼的地方了。領了俸祿、披了官皮就得憋著不能噴毒汁，不幹。

再者，他心知肚明，智商再高，他還是個生死不改的中二。玩弄得不過是奸巧小道，但是治國絕對要堂皇大道，只會使用奸巧的絕對不能行遠。

讓無能的皇親國戚弄權，這個口子絕對必須堵上。

老子武可掀馬捶人頭，文可毒翻御史台，這麼個人物都沒當官了，敢伸手的先跟老子比一比。

——而且不當官的國丈爺有太多事情可以做啦！地位超然，噴毒汁毒死人都不用負責任的，中二起來多爽啊！

他非常歡脫的回家了。

其實也不能全怪慕容鷀會想將她老爹弄上朝堂……實在是太缺人了。

有時候真的得換個角度想，為什麼歷朝太后垂簾聽政就喜歡重用外戚……馬的太后除了娘家人認識誰啊?!她當皇后的時候能認識外朝賢臣嗎？你樂意皇帝能樂意嗎？

好吧，皇帝短命死了，兒子只是個豆丁，「後宮不干政」的皇后轉職成太后，兩眼一抹黑，誰也不認識，可是她得當家。

這時候要求她不用外戚，還得天縱英明……能辦到的不是重生就是穿越，老天爺垂憐撫摸開外掛才辦得到吧？

雖然慕容鷀沒慘到這種趕鴨子上架，直接從豐王妃跳階四轉到太后的慘烈，但她和豐帝也沒比垂簾聽政的倒楣太后好到哪去。

說太子和五王吧，到底先皇還多少有栽培，不管存什麼心，跟朝臣都有接觸，最少誰是什麼貨色，能不能用，該用到哪，好歹有個腹案。

可這六個抽風貨把自己相互滅團了。

豐帝……這個聞名海外，響噹噹的病秧子，當了一年多的皇帝，勉強把大朝會的百官認全了，不會開口「那個誰」，已經算是超強本事，慕容鶲到現在還沒認全呢。

至於能不能用，該用到哪裡，真的只能打個問號。

這真不能怪誰，誰讓他們兩個是被臨時架上皇位的，連一天的職前訓練都沒有，情況還比類似的政德帝慘。

政德帝當朝的時候，雖然有個禍國殃民的襄國公囂張，好歹還是個好盾對不？還讓政德帝暗暗的有了三年時間可以潛伏熟練政事，何況政德帝手下還有個逐漸發展得很完全的情報機關「雀兒衛」，跟帝王爪牙的「暗衛」相輔相成，耳目既明，人才發掘得快而多，那還有什麼好煩心的。

到豐帝上位，行了，雀兒衛已經是傳說，早在二十多年前被解散，當時的皇帝還很不厚道的當江湖亂賊捅刀。是當時負責雀兒衛的慕容府家主保留一半下來，暗槓了。還有一半，被頗富神祕色彩的徽州陳家吸收了。

（結果打情報戰的時候，兩方「有心人」發現英雄所見略同，相撞時還有些尷尬。）

至於暗衛……四朝皇帝下來，都喜歡將暗衛分贈給自己兒子，這麼相愛相殺下來，訓練速度遠不及耗損速度，又在五王亂京時，相互滅了個差不多，歸建到豐帝手中的，僅夠維護宮內保安了，還談啥張耳目，別傻了。

於是政德帝登基時，江山有個架子，手裡有一套半的情報班子，還有個能臣馮進。豐帝登基，江山已經連架子都沒有了，更不要提情報班子。唯一的心腹，是自己老婆慕容后。

除非能夠一口氣掛上慧眼天眼陰陽眼的三眼外掛才能立刻知人善任，可惜因為版本錯誤，無法使用。

（本文並非靈異或玄幻小說，三眼外掛……您走錯棚吧？）

這其實是吏部功能太低下，沒辦法提供人力銀行的健全功能所致。但是整個朝廷都是這樣暮氣沉沉，低下的不只是吏部。

慕容鵷會急於求才，一來因為她是世家女，特別明白世家子的死德行，對數量壓倒性的世家朝臣沒信心，二來是被大燕的處處漏洞搞疲憊了，更想找幾個能幹的替死鬼一起補漏。

爹幹嘛用的？當然是拉來補漏用的。

但是被老爹捶了一頓，她頓悟了。（雖然老爹的本意大概就是不想被官做）

畢竟還是格局太小，耐性不足，急躁了。任人唯親，建樹可能很快，畢竟知根識底，擺上來立刻可以用了。但是這置天下取士的科舉和朝廷制度於何物？壞的例子一開，行了，將來處處後門，大家都來講關係就好了，外戚誤國，就這麼來的。

豐帝笑吟吟的看著慕容鵷豁然開朗，其實吧，他還真是個愛裝兔子的狐狸精。一直放手讓慕容鵷去煩惱，甚至沒有攔慕容鵷請慕容駿出仕……因為他料定絕對會得到岳父大人的大絕招：讓你撞牆。

雖然豐帝沒有逆天的掛上版本錯誤的三眼外掛，但他好歹是個極度凶殘的天才政治家，大概大燕皇帝所有的政治天賦都集中在他身上了，單論個人，能甩政德帝一百八十條街，只是繼承的不是大筆遺產而是鉅額債務。

他是高瞻遠矚型的政治天才，也是他架構了「文武不相輕」、「四民並尊」的原則。就是沒有什麼重文輕武、重武輕文的，這麼想的都是妥妥的白痴，重哪邊的政策都是跛行，絕對腦筋抽搐的皇帝才會這麼想。

士農工商只是分別，只重其中哪個，同樣白痴和跛行……都對國家有貢獻，哪有只重誰的道理？士獨大已經太久了，農工商的地位該提一提，發揮更大的效用才對。

可以說他的思想開啟了一個新的境界，甚至影響了之後的皇帝，才讓未來的翼帝有了「按畝課稅、官紳一體徵糧」這樣超越時代的創舉。

只能說，大燕在他手上轉危為安，絕對是祖墳冒了七彩祥雲，才能讓這個天才誕生於急危。可惜福沒積夠，給了這個大開智力外掛的豐帝一個破身體。要是他能有個普通人的健康，活到六十歲，版圖比另一時空的元朝還大說不定都沒什麼困難，哪還有其他人什麼事。

所以能一卦算到幾百年後，好像不怎麼奇怪，甚至暗地裡將自己的愛妻坑上皇位，都在他的規劃之中……似乎也不怎麼出意料之外。

眼下，前朝需要兩個皇帝，後宮……算了吧。他的健康狀況自己知道，冷眼旁觀，自己的三個兒子都不足以擔起社稷重擔。

最富政治才華的，卻是自己的愛妻鵪鶉。中興之望，只能交給她了。

所以他真有點壞心的磨礪愛妻，用冷水煮青蛙的方式，暗暗的以太子的規格培養皇后。

——只能說史書上以「英主」稱之的豐帝，其實還是那門抽風貨的傳奇產品。不說歡天喜地戴綠帽的抽風，老婆還是皇后時使勁折騰不算，下任也讓她當皇帝繼續折騰……光這個抽到天邊海角的思維，就奇葩得震古鑠今。

還不知道自己最大的坑是親愛的所挖掘，並且已經被推下去的慕容鵪，和萬惡魔魁的絕美夫君感慨的說了公天下的重要性，並且專注於整治吏部、健全制度，完全沒有發現自己已經妥妥的在坑中，永世不得翻身。

豐帝綻放柔美無害的笑容，幾乎把慕容鵪的眼睛閃瞎，心都化成一汪春水。

許多年後，成為鳳帝的慕容鵪回首，捶胸頓足。果然越漂亮的生物毒性越高，她就是美色誤人定律妥妥的苦主。

轉眼又是一年。

落地就有大名的小小慕容擎，占了年底生的大便宜，出生兩個月，跨個年就虛歲兩歲了，平白賺了一歲，超棒的，連壓歲錢都漲了。

至於一直很喜歡他的皇帝皇后，倒是被迫沒辦法去探望這個虛胖兩歲的小朋友。

因為，大年初一朝拜時，豐帝昏倒在龍椅上了。

這真是豐帝登基以來最大的病危，哮喘大發作，心疾也是大大不好，根本不能好好躺著了，只能半臥著睡，一天天消瘦下去，真的人比黃花瘦了。

最後還是國丈爺衝去江南綁架了個神醫，累死無數可憐的馬，也把神醫折騰得夠嗆，差點把神醫給累病了，才算是從閻王殿裡把豐帝給硬撈回來。

這神醫，很不巧的姓陳，更不巧的還是江南陳家的人。他一輩子規矩方正，唯一的錯誤就是誤交了一個匪類。所以說，識人不清實在是人生至大悲哀，陳神醫怎麼會被慕容雙煞的煦煦君子皮給欺騙了，以至於被當作貨物架在馬上狂顛了上千里。

好吧，事實已造成，發脾氣也來不及了……事實上他吃不消國丈爺的無賴了。陳神醫還是很識時務的自認倒楣，盡一個醫者所能……唯一的要求就是豐帝病癒，他絕對不入太醫院。

別傻了，進太醫院幹嘛？他在江南誰不捧著當神仙，沒看到人稱神醫嗎？到太醫院變成皇家奴才，醫不好就砍頭？行了，他若這麼蠢，絕對會被江南陳家直接扔出去，自己都無顏見江東父老。

在神醫面前吧，豐帝這算得有三分能治。治好不可能，但是治個平安，壽命長些，那還是可以的。

豐帝這病吧，說白了就是氣喘加上先天性心臟病。這年代沒有換心手術，但是豐帝這心臟病還算輕微，作息習慣要注意點就是了，用藥補元氣，就是增加免疫力，別老傷風感冒……尤其是氣喘，不太會發作的。

至於氣喘，花了大半個月抓病因，發現是過敏性氣喘。只能說陳家累代精進的醫術真超越這個時代，已經明白有過敏性氣喘這回事了。雖然不知道什麼是塵蟎，但已經知道相關的禁忌，一陣雞飛狗跳後，來了個裝潢佈置大改造，於是豐帝成為大燕史上風格最簡潔（連地毯都沒有），有深重潔癖（每天換洗能接觸的一切）的皇帝。

是的，因為豐帝異常奢華的大手筆，讓他終於擺脫了氣喘再發，間接減少了心臟病的發作。可說是天降神醫，才避免慕容鴉十九歲就得被迫當太后的厄運。

但是名士多怪癖，應該劃在超級名士行列的陳神醫，更是怪到剽悍。

怎麼說呢？

在這個封建王朝，君權天授的時代，你想像得到有個白身神醫對皇帝發飆的場景嗎？

沒錯，陳神醫就這麼幹了。

對剛能坐起打算上朝的皇帝，陳神醫激動得把他罵得跟狗一樣。醫者父母心，你懂的，陳神醫根本就把這貫徹到不行，在他眼中患者平等，通通都屬於智商非常低的小兒。

他特別氣眼前這個憔悴得脫形的皇帝，馬的皇帝還算術很差，百姓真是倒楣。怎麼能不差呢？養病半年，以後起碼有一、二十年可以作牛作馬，愛怎麼操心都能保證坐著操碎心。偏偏要在這時候掙扎著上朝，搞不好年底就要辦喪事。

這算術能好嗎?!

換一個皇帝陳神醫不當場腦袋落地，起碼也會被秋後算帳，瞧瞧歷史上的神醫沒幾個有好下場，華陀還不是被曹操砍了。但是呢，國丈爺壓陣，帝后低頭唯唯稱是，連大氣都不敢出，待陳神醫跟爹一樣恭敬。

皇帝養病，皇后監國。

這下朝堂真的炸鍋了。

但炸也是白炸，連最死硬巴望著死諫金鑾柱的御史言官都啞口無言了。

因為親愛的盧宰相又吐血病倒了。皇帝、首輔，兩大支柱都幾乎坍塌，好不容易穩定局勢的大燕又開始風雨飄搖了。

你敢叫皇后滾麼？

真的有個能擔當的，就不會讓盧宰相這窮官成了五朝元老了。滿朝都是聰明的鵪鶉，觀望這技能都是破表的。

至於咱們可愛的盧宰相會吐血，其實是被氣得差點中風，老天垂憐只是讓他胃潰瘍發作而已。

盧宰相膝下子孫眾多，但是都是男兒，他的長子偌大年紀才有了個女兒，宰相府最矜貴的嫡長女，盧宰相非常看重這個寶貝孫女，親自指點，簡直當嫡長孫養了。五、六歲就開始替她打算親事，選的是有通家之好的周家，還刻意培養成青梅竹馬，就希望成親能夫妻和美，婆媳相安，真的是為這小孫女操碎心。

這樣呵護細養到十五，千挑萬選選了一個良辰吉時，剛好在正月初五，十里紅妝的送嫁了。少年英俊的姑爺騎著白馬，引著花轎往周府去了，端得是喜氣洋洋。

本來故事就該到這裡結束，但人生總是比小說還驚奇。

半路上，一群喝年酒喝到半醉的紈褲子弟，打頭的一瞧，哇靠，居然是追了好些年沒追到的宰相府小娘子，新郎居然不是他，酒壯慫人膽，惡從膽邊生。本來想攔轎戲弄一下出口惡氣，結果新郎擠兌嘲笑了幾句，這個失戀的紈褲子弟炸了，匡當一聲拔了劍，結果這群酒上頭的紈褲，很兄弟義氣的也跟著拔劍。

一片混亂後，新郎嚇暈了，新娘被劫走了。

嚇暈的新郎被抬回周府，只顧著哭天搶地和酗酒，還不如當街另一群紈褲子弟見義勇為。

搶走新娘的，是一群愛好花天酒的文紈褲；見義勇為的，是一群愛好架鷹行獵的武紈褲，兩方不但不對頭，互相看不順眼，武力值也是一級新手和滿級高手的差別。文紈褲有十八個，武紈褲只有五個，但是最後打馬追出城，一個武紈褲就打翻了十八個，新娘只掉了一個紅蓋頭和幾個首飾，連衣服的一個小角都沒破。

難得幹了件好事的武紈褲們激動了，太開心了，雖然折騰的天都暗了，離城門又不遠，客氣的騰了匹馬給新娘騎，這五兄弟高歌凱旋的用特權叫開了已關的城門，歡欣鼓舞的將新娘送去周府。

周府說，嫁妝已退回。

這群武紈褲差點上去砸了周府的大門。還是新娘喊停，好人做到底的五兄弟摸著鼻子簇擁的將新娘子送回宰相府。

這時候，盧宰相還沒吐血。畢竟寶貝孫女平安回來了。但是周府差人來暗示盧宰相，這親事不成了，為了兩府面子好看，盧娘子最好撞柱上吊投水三選一，保住名聲為上。

於是盧宰相吐血了。

皇后監國第一天，就是為了這破事朝堂沸騰。

大理寺把文武紈褲一股腦的抓了，相關的大臣在那邊模糊焦點，試圖讓被劫的新娘死一死，或者乾脆把新娘嫁給那個劫親的紈褲，一床錦被遮羞就算了。

可惜盧宰相態度很堅決，一面吐血一面主張，那十八個文紈褲都得受國法制裁，連周府那個軟腳蝦新郎都告了，他的孫女也絕對不會去死。

至於新娘，非常有主見的上了表，表示絕對不會去死，也絕對不會嫁給劫親的混帳。

慕容鴝從頭到尾沉著臉，看半數以上的朝臣激動的唱大戲。覺得他們唱不出新詞，開始循環播放，脾氣不太好的慕容鴝把硯台帶筆架扔出去，匡啷的發出好大的聲響。

終於世界清靜了。

「本宮北上監軍，聞兵士言道，之所以從軍，是替家裡人賺份糧餉，拒北蠻於境外……因為要護住家裡婦孺。」慕容鴝冷冰冰的說，鳳眼凌厲得沒人敢直視，氣勢凜然，「不過是百姓，大字都不識一個，卻懂得要護住家裡的女人。」

「周府名列世家譜，難道滿腹詩書的世家子還不如粗鄙的百姓兵士?!」慕容鴰揚高聲音，「這就是世家子？難道這就是世家子？世家子就是護不住自己的妻子，毫髮無傷的任人劫掠，然後把一切不是推到無辜的妻子身上?!」

「本宮不承認！本宮出身慕容府，從來不曾聽聞這樣駭人的扭曲！本宮絕不承認周府和慕容府同處世家譜，這對本宮的出身是種侮辱！本宮絕對不肯跟這種人家結親，誰知道公主會不會被劫，皇子會不會娶個攪家精？」

「大理寺不要想著把人全扣著就能打迷糊仗，徇私本宮第一個拿你們開刀！想試試本宮的屠刀夠不夠利，這是個機會！」

慕容后鴰非常帥的甩袖走人。

這件事情幾乎是急轉直下，大理寺飛快的放了那五個武紈褲，那十八個文紈褲，首惡被敲了三十板流放三千里，其他十七個流放五百里。

沒辦法，誰讓他們當街劫親，證人多到收買不過來。

周府從世家譜首頁落到最後一頁，而且那個還在酗酒的可憐蟲被記入黑名單了，這輩子大約別想出仕。至於和盧娘子曉寒的婚事，判義絕*——唆使妻室自殺如殺妻。

至於那五個武紈褲，被慕容鴝召來宮裡接見了。不得不說，紈褲也分三六九等，破爛貨和中二少年有巨大差別。破爛貨只能送資源回收，熱血中二少年們只等待一個機會就能放在適當的位置對敵人中二。

發現這五個中二少年居然能尋蹤分批合流的阻止事態惡化，不得不佩服一下這些熱血少年很有些天分。

倒是讓慕容鴝意外的發掘了五個將才，塞到軍中歷練了。最後成長為有名的五虎將，慕容擎還讓他們逐一琢（虐）磨（待），後來才能發光發熱成為真正的「天子之劍」。

北蠻子用生命和血淚見證了，「中二不是病，發作要人命」（乘五）。

*義絕：始於唐朝律法，古時官府介入夫妻雙方強制裁決離婚的制度。若夫妻間或其中一方對對方親屬有毆打、殺害等行為，視為夫妻關係恩斷義絕，官府可判決雙方強制離異。

但是這些，都只是意外收穫。

真正的收穫是，慕容鴝一紙皇后懿旨，招盧曉寒盧娘子任皇后長史，正七品。

這是大燕朝第一個任實事的女官，不同於政德帝時的傅大學士佳嵐只做學問不參與政事，盧長史一直輔佐著慕容鴝，史稱內閣相。

這也是慕容鴝日後會選用女吏的開端，非常有歷史意義。

——至於五虎將中那個一打十八的猛人司馬約，苦追盧長史，寫了九年情書老被批紅改正，才終於跟盧長史成親，甘願滾回京替皇上看大門，那又是另一個故事了。

——司馬約滾回京的時候，和他營區對峙的北蠻子，大賀十天。

任用盧長史，不說在後世引起廣大而深遠的討論，只要論文題目跟女權有關都會被拉出來曬一曬，甚至非常陰謀論的認為，這是鳳帝為后時，計謀深遠的遠見伏棋，動搖頑固的父系社會的第一步等等……

連此時的大燕朝廷，有基於禮法大加反對，也有人很陰暗的認為皇后正在培植自己的勢力……哼，小人。

慕容鴝不解的看著朝臣，「不然翰林院調一個知事郎給本宮？」

歲月靜好。朝臣開始研究自己的笏板雕工有多精美。

其實，慕容鴇的想法很單純。她需要一個秘書，但翰林院不可能給她一個知事郎……你瘋了，讓個男的和皇后朝夕相處？讓知事郎替皇后紅袖添香啊？

那麼找個女秘書總可以吧？盧曉寒上表自辯，格式和文詞都很優美，她覺得合用，叫來考一考。果然家學淵博，不愧是盧宰相最得意的孫女，連公文寫作都是一等一。

是的，跟女權主義一毛錢關係都沒有，這時候她還將自己擺在「國母」這個地位，登基為帝這念頭，荒謬到連作白日夢都不可能擦邊……培養自己的勢力做啥？

日後會舉考收女吏，當然是盧長史才能出眾，用得順手。再來就是士人對吏這種太基礎的公務員掩鼻而過，死都不肯做，才乾脆大開方便之門。

所以說，腦補百戰百勝，令人望風而逃。再也沒比腦補更強大的蓋黑鍋技能。

這可不，瞧瞧慕容后被連續黑鍋黑了一生。

豐帝這一病把向來鎮靜的慕容鴇嚇壞了，一面憂心垂危的豐帝，一面朝堂又暗潮洶湧。精力充沛的她終於開始吃不消了，只能把最不重要的後宮，直接扔到瑤瓊兩妃手裡，她真的心力交瘁。

不是不知道將來會出亂子，但是不專注在政事上，馬上要出亂子了。幸好豐帝最垂危時在正月，大家都在放大假，她才能一直守著豐帝。那也是她最茫然、最迷惘的時候，把她老爹慕容駿嚇個不輕。

「兒啊，妳要看開點。」

慕容鴉點頭，「嫁給他那天我就有準備。」

……準備啥？妳是準備啥?!慕容駿眼前一黑，腦海裡飄過的都是白綾、鴆酒……還有湖面和臉盆。

不要笑！臉盆也可以自殺的！不要小看臉盆！

「兩個不孝子！」慕容駿嘶聲淚出，「我這就去江南把那個神經病綁來！沒這點事兒就過不去的道理！」

老爹淚奔而去，跑出一股煙了。

慕容鴉啞然片刻，好半天還是沒辦法跟中二爹對上頻道，放棄了。她只是耐心的用溫水再次替豐帝擦了臉和脖子的冷汗，聽著他越來越無力的喘咳。

臉色越來越蒼白，嘴唇卻發青。像是即將凋謝的綠萼梅。

但能為他做的事情是這樣的少，幾乎沒辦法減輕他任何痛苦。

其實一直都是很痛苦的吧。阿豐曾經笑著跟她說，要不是男人不會生孩子，不然他有把握生孩子都不會喊痛。

因為，他快要不記得不痛的感覺了。

不知道該怎樣才好，不知道能為他做什麼。不應該這樣的，阿豐會離開她？不對，不可能。

時候未到。

慕容鴒一直有種野獸般的直覺，而這種直覺從來沒有背叛過她。慕容府每天都有生老病死，有的人大病得大夫說辦喪事了，她不感覺悲哀，往往沒多久就看那人好好的跟小妾宅鬥得生龍活虎。有的人精神奕奕的龍行虎步，她若感到淡淡的悲傷，往往沒多久那人就去了。

她沒有感到悲哀，卻有深重不安的惶恐。

害怕非常信賴的直覺，這次背叛了她。害怕真的失去阿豐。

豐帝眼睛緩緩睜開，粼粼如春水蕩漾，溫柔哀傷，頰上慢慢的泛起霞暈，如白梅上的一抹紅痕。

「怎麼了？」慕容鵷的聲音非常軟，「喝水嗎？」

豐帝注視著她，將臉一別，嘶啞弱聲的說，「更衣。」

慕容鵷安靜了一會兒，揚聲要宮女拿夜壺過來。

她確定她的直覺沒有故障，光這一如既往破壞氣氛和浪漫的勁兒，阿豐一定會活下來。

除了她老爹將陳神醫帶進來的方式太奇葩把她驚了一下……老爹將陳神醫扛在肩膀上，跑過廣大的宮廷，活像一袋米似的扛進來。

但關於陳神醫真的能治好阿豐，她心裡沒有任何懷疑，直覺不會背叛她。

大概就是這種盲目樂觀到極點的態度，即使豐帝和盧宰相都躺了，她還是把朝政撐了下來，甚至展現和豐帝不相同的政治風格。

跟豐帝的高瞻遠矚相較，她異常務實。像是「千金求糧種」，她會優先關注於民生，先把肚子填飽了再說。

林邑稻在她十九歲這年，已經推廣有成。這種難吃到幾乎吞不下去的米飯，成為高產的救災糧、軍糧，一直都在她密切關注中沒有放鬆。

好像是豐帝打了個大綱，她接著細寫，既能體會豐帝的真意，又能修整得更完美，然後還能掌握住自己的目標，這是一種非常強悍的政治才能。

豐帝養病這半年，她在盧長史的輔佐下，扛起氣氛浮躁的大燕。

但把後宮事撇給瑤、瓊兩妃，果然還是會出亂子。而前朝和後宮，往往作亂起來也是相輔相成。

三月時，豐帝養病，朝政初穩。結果沉默很久的言官發聲，要求立太子。這個要求被豐帝拒絕了，旋即再求讓皇子學習政事。

看著大皇子得意的笑容，慕容鴟忍住往他後腦勺巴下去的衝動。

小鬼，雖然你是中二的年紀，但論中二不說我爹，跟我也相差一萬八千條街。

慕容鵷平靜的和豐帝商量了一下，然後允了。

第二天趾高氣揚的大皇子發現，龍椅下溜三個錦凳，他兩個弟弟已經先坐在那兒朝著他笑了。

大皇子雖然頗有壯士體質的高頭大馬，但年紀不過十三。所以演技很不好的氣得發抖，用「自以為非常隱密事實上很明顯」的目視兩個副相和戶部尚書。

慕容鵷只抬了抬眼皮，暗暗的在死亡記事本上記下那幾個臉色發白、閃躲慕容官目光的聰明鵪鶉。

蠢蛋。這時候有膽子站邊，就要有膽子承認。明白坦承還能高看一眼呢，現在嘛……既缺乏投資眼光，投資了這麼個扶不起的阿斗，還沒有那股狠絕果敢試圖將跌停板哄抬成漲停板，這種廢物用他們是侮辱自己的智商。

那兩個副相可以準備被退休了。戶部尚書，呵呵。哪能讓他這麼輕易的全身而退，戶部那巨大虧空叫誰負責？不會是我吧？我看起來像個傻的嗎？

大皇子慕容官在慕容后神威如獄的目光下，氣悶的和他兩個弟弟坐在一起。

是的，大皇子大名為官。這是他娘親江宮人打滾哭嚎討來的命名權。若不是豐帝大發雷霆之怒阻止了，本來還要叫做慕容王呢。發現不可能，才退而求其次的改取名為慕容官。後來豐帝登基了，江宮人懊悔不已，早知道就取名為慕容太子。那兒子不就鐵鐵的成為下任皇帝嗎？

為什麼慕容鴯知道呢？因為江宮人天天逢人就播放，還豪言壯語的說將來必定是太后之類的。

慕容鴯果斷不處理，把江宮人留著給大皇子當豬隊友。有這樣的老媽，大皇子能成功……絕對是神蹟，都逆天了，她認了。

一面處理朝政，一面不動聲色的觀察三個皇子。而朝臣都偽裝得非常自然，沒有一個敢跳出來說讓大皇子習政就好。

你開玩笑嗎？有嫡立嫡，無嫡立長。但是慕容后今年才十九歲，卻輔佐豐帝掌政已兩年。誰也不敢說，慕容后會不會誕下嫡皇子，畢竟她這樣年輕。

就算她沒誕下嫡皇子吧，但是還有一招叫做「記在名下」，收養個皇子在身邊。這時候不是論長幼了，而是皇后看不看得順眼。在一個有政治實力的皇后之前，這點太強而有力了。

現在會有人冒險想扶立大皇子，就是看豐帝病危，有個萬一很有操作空間。但是皇后允了，卻把三個皇子都拉出來聽政，就是皇后無言的回答。

立誰還看老娘高興。

文武朝臣不禁膽寒股慄，皇后娘娘心機實在太深，權勢也太重。不安的看了看同朝姓慕容的官兒，卻每個都眼觀鼻鼻觀心，又想起皇后背後是第一世家慕容府，三百年底蘊，根基極深。

當百官腦補到三國演義裡的「挾天子以令諸侯」的烽火連天而憂心忡忡時，朝會剛好結束了。

慕容鴉看著三個皇子，「今天，可聽明白了？」

差點打瞌睡的大皇子猛醒過來，「明白！」二皇子看了看他小弟，滿眼金星，面帶羞怯的搖搖頭。三皇子出神的想了半天，也搖了搖頭。

「嗯，」慕容鴉語氣淡淡的，「但總是聽了一個早上，多少也聽到些什麼吧？隨便是什麼，想到哪寫到哪，交份感想給本宮。字數不拘多少，本宮知道你們下午還要上課，不要占了太多休息時間。」

隔天三個皇子都把作業交了。大皇子的非常令人驚嘆，堂堂皇皇一份萬言書，還精美的裝訂成冊。二皇子的只有幾個字，「兒臣全都沒聽懂」。三皇子倒有千餘字，東拉西湊，大概把侍讀和先生們都問了一遍……因為誰說什麼話他都超誠實的寫上去。

慕容鴻看著二皇子和三皇子的感想，不斷發笑。這兩個是實誠孩子，三皇子倒是比較出色。雖然才能有限，但還知道用人，知人善用，戒除偏聽偏信，還是能當個太平皇帝。

至於大皇子……她嘆氣了。捉刀就捉刀吧，你好歹也謄一遍。書法這麼漂亮，你以為我沒見過你那手狗爬？連掩飾都不會，果然是那門抽風貨的標準遺傳。

但她也沒這麼果斷的決定了，還是再觀察。

至於自己生個孩子之類的，坦白說，嫁給豐帝五年，她實在不太抱著希望了。再說庶兄長而嫡弟幼，還相差十幾歲……她沒有把握能敵得過慕容皇室抽風相愛相殺的傳統。

四月末，憔悴的盧宰相終於回到朝堂。六月中，終於病癒的豐帝也坐回龍椅。終於結束了慕容后獨自監國的時期。

慕容鴆鬆了一大口氣，向來精神奕奕的她，也露出些許疲態。

沒有人知道她單獨扛了多大的壓力，國事如麻。兩大支柱終於回到朝堂，她終於能撿起整頓吏部和重農兩個領域，大刀闊斧的讓吏部徹底運作起來，最少考核能夠核實，發揮人事部正常的作用。

在豐帝和盧宰相的縱容下，作為大燕心臟的朝廷，慕容后像是一道雷擊，終於刺激得恢復正常心跳。

打個比方說吧，大燕就是個超級不景氣時期的股份有限公司，因為前幾任董事長抽風，面臨破產邊緣。資本雖然很大，員工也很多，但是股東和經理們看不到希望，人心惶惶，整體效益很低。效益既然低，就更接不到訂單，沒有訂單就沒有錢，如此惡性循環。

偏偏又超級不景氣，想跳槽都沒得跳。已經是這種狀況了，大家還想著「不差我這點」的貪污拿回扣，使得原本就岌岌可危的財務狀況更雪上加霜。

就在破產前幾天，突然換了新的董事長，董事長還很有本事……但是他馬的董事長有白血病，常常住院。

幸好還有個能幹的董事長夫人出來輔佐，最後終於讓瀕臨破產公司逆轉了。股東和經理們感覺到希望，效益就上來了。一個公司有了效率，大家發揮所能，就能進入良性循環。

可喜可賀，可喜可賀。

但是慢著，此時是歷史歧途西元七世紀的大燕，不是二十一世紀的股份有限公司。股份有限公司董事長夫人當家，都找不到幾個了，何況大燕朝的皇后。

雖然在豐帝病癒，和慕容后攜手合作下，朝廷終於用正確的方式運轉了，朝野都有了信心希望，內外正式穩定下來。

可慕容后整治吏部實在快狠準，讓其他五部都警惕起來，並且觸動了太多人的權益。相較於豐帝的溫和改革，在百官世家眼中，慕容后太激進，太不懂事了。

牝雞司晨，果然顛倒陰陽，絕不可取。

——其實是難得一年沒有民亂，北蠻擾邊少，看起來會越來越好。好了，用不著妳這女人了，把權力讓給我們這些大丈夫吧，識相點。

於是在慕容鴒二十歲這年，趁著盧宰相傷風請假的時候，串連了大半朝臣的吳御史上奏，請皇后還政於帝，後宮不干政。

想明白了朝臣真正的意思，慕容鴒勃然大怒。

用得著的時候叫人小甜甜，用不著的時候叫人牛夫人。作牛作馬，田耕完了，拉回草棚說沒你事了。

你馬盧宰相拉犁還叫做五朝元老，老娘拉犁得到的就是「後宮不干政」？大燕號快沉船的時候你們死哪去了？

當場回話都不屑回，慕容鴒拂袖而去。

結果走沒兩步，她暈倒了。豐帝震怒了……結果太醫來過立刻轉震怒為狂喜。

豐帝又要當爹了。

終於有個合理合法的理由，讓慕容后龜在後宮不搗蛋了。瞧，懷胎十月，坐個兩個月的月子，咻的一年就過去了，不只是明日黃花蝶也愁，根本是黃花菜也早涼了。

太好了，這時候正是推倒皇后黨的好時機。翦除羽翼，懂不？趕緊的，趁皇后懷孕沒空，快快拔除勢力啊。

誰讓皇后用人不拘一格呢？誰讓妳不講資歷不講家世，惟才是用？太不講規矩了！這些唯皇后是從的，絕對是佞臣、奸臣，必須打倒之後踏上一萬腳，永世不得超生才對。

於是皇后重用的大臣開始倒楣了，被參的奏摺如雪花般飛來，連五朝元老的盧宰相都被參「老邁昏庸」了。

但是豐帝是個好人嗎？當然不。他只是裝得挺像兔子的，事實上還是肉食性的狐狸。不但是隻腹黑狐狸，還是個嚴重的妻控……某部分思考挺抽風的妻控。

不要忘了，還有非常護短的慕容雙煞，情報力加上組織力，三強聯合，妥妥的不給人活的節奏。

繼所有皇后黨都被斥為奸佞之臣，各種揭瘡疤後，沒多久非皇后黨也開始出現各種爆八卦。不出三個月，慷慨激昂的御史言官傻眼了，的確風聞參奏的非常爽，這輩子沒有這麼熱血過，每天都有新題材新目標啊！可是……

馬的一口氣參了三個月，大燕朝廷沒有一個好人了！

是的，沒有好人。照御史台的標準，連御史言官也沒一個走得脫，全部送大理寺的話，朝廷都空了……還得大理寺上下戴罪立功，審完全朝廷的人，再來互相審大理寺同仁了。

哪個當官的背後沒有一點黑背景？誰的手上沒落點油水？你敢不合群?!別鬧了，只有吃相好不好看的差別。這是風氣問題，累積近三百年的沉痾，雖然不能放棄治療，但也沒辦法一朝痊癒啊。

慕容鵷雖然沒有豐帝那樣超凡入聖的政治才華，但她終究是未來的千古一帝，務實絕對是大燕朝皇帝的頭一份。她根本不會直接玩肅貪……瘋了喔？都快沉船了肅貪是問題嗎？真要肅貪，朝廷帶地方都空了好嗎？

她要的是人才，能做事的人才！只要不要貪得太離譜，她都願意給機會……不教而殺謂之虐嘛，敲打敲打，敲打不醒的，等他們發揮了該發揮的功能，榨乾淨了再殺……未來還可以落個好名聲。

也是慕容鵷死活勸住有些精神潔癖的豐帝，不然皇上早就磨刀霍霍對貪官了……

照豐帝的標準，真的是朝野淨空。

結果一心把皇后趕下台的非皇后黨，不知道自己把自己給坑死了。

終於在滿朝都得送大理寺的時候，百官安靜下來。

所有的參人的奏摺，都被留中不發。原本互相咆哮吵鬧的朝臣，漸漸安靜的低下頭。豐帝一言不發，就讓原本醞釀的黨爭，雷聲大雨點小的消停了。

連御史台都緘默。今天你跳出來參人，明天就會有一卡車的污點被別人拿出來大參特參。

但是豐帝準備原諒他們了嗎？呵呵。

盧宰相年紀大了不是？那副相來吧，有六個副相呢。不多，就皇后手上的事，由盧長史交接給副相。人家皇后只帶一個盧長史，扛下這麼大的政務量。一個副相手下那麼多幕僚，不會說接不下來吧？

來，先接手。別說不能啊，不是說牝雞不司晨嗎？你總是公的……是說，副相總是男子吧？

於是每個信心滿滿、滿懷狂喜的副相，接下皇后的政務後……直到皇后臨盆，剛好病倒了兩個，乞骸骨了三個，還有一個最年輕的，乾脆的丁憂了……說他岳母死了，要服孝。

十個月的雞飛狗跳之後，腹黑的豐帝滿足了，在皇后娘娘誕下嫡長公主後，他麻利的「病了」，跟坐月子的皇后一起閉關抱孩子。溫馨得再美好也不過了。

飽受折磨的朝臣百官非常不美好。

累積了將近一年的憤怒，盧宰相已經在練習眼光殺人法了。

讓你們爭權，讓你們奪利，讓你們排擠未來的太后！高興了吧？爽了吧？前朝有十個皇帝都不夠用的時候，有這樣的帝后扛起來，是太祖祖上燒高香了，嫌不好？行了，現在不是三皇子聽政嗎？反正皇上他老人家不適，皇后讓你們氣走了，問那幾個毛孩子吧，總之不要問我。

老黃牛盧宰相，使性子撅蹄了。事不關己不開口，一問搖頭三不知。

滿朝文武終於感覺到絕對的痛苦。雖然豐帝在滿月後結束「病假」上朝了，卻更無情的用皇后的政務量折騰六部九卿。

盧宰相袖手旁觀，皇帝只追著要成績，這日子真的沒法過了。

於是朝臣百官血淋淋的意識到，大燕沒有哪個誰都能運轉，但是沒有皇后娘娘真的不行。

奏請皇后歸朝的議論開始慢慢展開，至於是不是豐帝和慕容雙煞在背後引導和推波助瀾，咱們就不要討論這個了。總之，「皇后歸朝」漸漸占了上風，只有幾個死硬派撐著，以吳御史為代表，非常激烈的否定了。

盧宰相爆發了。

他舉起手裡的笏板，追著吳御史猛抽，一面罵著「忌賢妒能的奸佞小人！你行你怎麼不來治國？只會出張破嘴！」

五朝元老的爆發力是可怕的，這一頓猛抽把所有異議都抽沒了。史上最多鵪鶉的大燕朝臣，謙卑的奏請皇后歸朝視事。

這篇華麗感人的奏章倒是讓豐帝親自遞送給慕容后了，慕容后也很果斷的回了表章，上面只有五個大字，「後宮不干政」。

慕容鴝覺得自己的智商還是挺高的，誰喜歡當過河就被拆的橋啊……搞不好還在史書上大書一筆什麼婦人弄權誤朝之類，使力還被潑髒水，她看起來有這麼善良嗎?!

朝臣三上奏章，慕容后三駁。

最後讓慕容后重回朝堂，並不是第四次朝臣所上的奏章有多感人，而是獨撐一年多政事的豐帝，終於被折騰的倒下了，陳神醫又被扛來急診，帝后再次被罵得跟狗一樣。

滿朝文武終於驚覺了一個可怕的事實：他們親愛的豐帝陛下，是個美人燈兒，風吹久了就會壞。想要延展保固期，那平常真的得好生保養。

在慕容鴒二十一歲這年，朝臣百官跪迎皇后還朝，與豐帝並稱雙聖，皇后自稱亦為「朕」，得用國璽，詔旨其效與帝同。

可以說，慕容鴒成為大燕史上權力最大的皇后，也的確名留青史了。

……誰希罕啊?!

慕容鴒常常惘然又忿忿的回想，她就是這樣一步又一步，累死累活的被坑到最後，從老公到老爹，從盧宰相到慕容府，眾志成城的被推下坑，爬都爬不出來。

原本只想棲息在後宅玩玩宅鬥，誰知道落點怎麼會變成梧桐樹，最後成為史無前例的鳳帝——史上第一個女皇帝。

當初鑽狗洞逃婚就好了。坑她最深的就是她最親密的夫君。

常常令人咬牙切齒，並且非常的悔不當初。

（誤棲梧桐完）

大燕朝系列：

蝴蝶館47《倦尋芳》岳方（王繁）與慕容馥（馥親王）的故事。
蝴蝶館47《倦尋芳》〈馴夫記〉李容錚與慕容燦的故事。
蝴蝶館48《再綻梅》〈浣花曲〉烏羽與白翼的故事。
蝴蝶館51《燕候君》李瑞與阿史那雲的故事。
蝴蝶館58．59《臨江仙》謝子瓔（趙國英）與顧臨的故事。
蝴蝶館63．64《深院月》馮進與許芷荇的故事。
蝴蝶館66．67《徘徊》陳祭月與陳徘徊的故事。
蝴蝶館68《傅探花》傅佳嵐與紀晏的故事。

補充資料
i

慕容駿被他老爹照例扁了一頓……只能說國丈公慕容潛快七十的人了，老當益壯，揍起兒子依舊虎虎生風，武力值毫不生銹……可怕的是，慕容潛武力既高，更是智多近妖之輩，智力值直追三國周郎。

周瑜揍徐庶，妥妥的輾壓。

這也是他們父子獨有的溝通方式，稍微凶殘，但是智力相疊不是加法，而是乘法。

慕容駿難得老實的「被打要站好」的讓老爹抽，雖然已然議定，他也相信老爹的超能力，但心裡還是非常傷心和沮喪的。

老爹說得對，他就是太自以為是，自視太高，才會給鴆姐兒許下看似最無害的婚事，當初他老爹就很反對了……結果坑了鴆姐兒不說，順便把整個慕容府都帶進坑裡了。

這坑的規模，直比東海之深。

原本只是嫁給一個改朝換代最沒事的病王爺，結果一直明哲保身的慕容府一傢伙成了最慘的后族。

看看這個時代，當皇帝都是個最衰尾的亡國之君，當皇后恐怕最好的結局是白綾一條。

后族？只夷三族叫做慈悲懂不？

他們慕容府能夠屹立近三百年堅若磐石，並不是只靠最初和慕容皇室同宗，而是開代當家人睿智非常，歷代長房教養和篩選都非常嚴酷才有如今的盛景。

更因為，慕容府在大燕號稱第一世家，在世家譜位居第一，但在世家譜完稿之前，慕容府不過是個漢化比較深的鮮卑家族罷了，更不要說擦到「世家」一點點邊。

即使開府立宗將近三百年，當家人和菁英都牢牢記住這一點。

慕容駿其實對最初聚賢擬定「世家譜」的凰王傅氏，驚訝佩服到接近恐懼的地步。傅氏扶持威皇帝於微時，接近神話的種種功績，和擬定「世家譜」與「科舉」相較起來，顯得太平常了。

漢傾之後，是個戰亂不堪的時代，是個世家傲天子的時代。

流水的皇帝鐵打的世家，這樣的時代。

天下是割據的，勢力是世家的。任何一個皇帝，其實能夠控制的地盤很小，勢力也很小。許多人野心勃勃的割據一方，然後問鼎中原，最後發現，就算登了帝位，天下也不是他的，而是屬於暫時妥協的世家。

雄才大志的就致力於剷除世家勢力，上下交相賊，最後壯志未酬身先死了。

才能比較平庸的，大概就是妥協安撫，安於被架空，卻還是被自然可取而代之的臣子下剋上了。

世家是什麼？世家不是「世卿世祿」（世代作官領朝廷俸祿）而已，漢後的世家，擁有當代最高超的學識，擁有「目所及阡陌良田皆吾家所有」的底氣，更擁有眾多軍士奴婢、佃農和歸附的武力。

讓我們稍微出戲一下，代換一個比較容易了解的解釋。大家都知道西方的城堡吧？騎士領主什麼的，大家也知道一點吧？不好意思，這不是西方所獨有，咱們中華早有這種東西了。

那時候叫做塢堡，那格局，和西方城堡差不多，同樣有城牆、護城河、居住區、王宮什麼的。但那規模，哈，不好意思，跟世家根基的塢堡比，西方城堡只算是個小破村子，簡直不入流。

發揮一下想像力，而這樣的塢堡，「天下林立」，著姓（世家）過千。

還沒完呢。在一個識字率異常低下，文盲幾乎高達百分之九十九的天下裡，世家完全壟斷了所有的文字。知識就是力量，世家幾乎得到了天下所有的力量。而百姓敬畏世家，遠比敬畏皇室還厲害。

就這樣？這麼想就太淺。不要忘了，世家不但有知識有聲望，手裡還有武力。兼併土地太簡單了，兼併完土地還把百姓劃到手下成為佃戶奴婢更簡單啦。

這就是為什麼三國演義裡頭，老是東一撮人西一撮人的合縱連橫，然後結合幾個你打我我打你，但是每個人都能拉扒出一大串嚇死人的背景。拉扒不出背景的通常是武將，要不然就是謀士，絕對找不到頭子是百姓出身的。

就是因為幾乎都出身世家，是世家間的衝突啊。

但是哪個皇帝樂意打完天下，結果天下到處是有軍隊的塢堡，報上來的土地和人口都是打對折的？喔，我養兵養軍隊養百官，然後你們土地兼併還坐擁大批人口（奴婢佃戶）不交稅，朝堂上還得聽你們指揮？

我是義工嗎？我看起來是好人嗎？

掐，必須掐，非把這些塢堡拆了不可，把世家整趴下不可。然後又順利進入改朝換代的節奏。

這樣天下能不亂嗎？別鬧了。

（出戲結束）

所以慕容駿才會對凰王傅氏特別心驚敬畏，一算算到千百年後。

隨慕容沖出宮赴華州令時，凰王出面邀集流亡士人，共修世家譜。還只有華州這麼一個基地時，她已經開始聚賢修世家譜，公開辯議，將天下著姓都劃進去了……並且將同宗的慕容府塞進世家譜最末。

隨著征戰，她一直保持公開公正的態度，讓新征領地的士人辯論自家在世家譜的排行，而不是以人云亦云的模糊。

這是狠毒的一招！

誰不希望自己家排在世家最前面？誰願意被墜在世家之末？看看最末是誰吧……是鮮卑夷狄啊！但是當時的慕容府家主是當世大儒，你不能說不可以……慕容沖都沒把皇室放進世家譜鍍金呢，而是放個最有出息的堂兄。

人爭一口氣，當然是得去辯一辯嘛。

但是不好意思，能辯論的就是慕容沖打下來領地所在的世家士人，其他是敵方，抱歉，您等等，等我們能打到您那兒去。

不是說，一本世家譜就讓天下歸心，世家納頭就拜。但是總是動搖幾分，真的打不過的時候意思意思的掙扎一下，就矜持的從了，然後趕緊議論自家在世家譜的排行。

因為，注意，因為！因為凰王傅氏取仕為官，世家的身分占六，文才占四。

馬的，當心太矜持子孫都沒官做了！

這種家世為重的科舉，在世家的心目中是一種不滿意但可以接受的公平。要知道之前根本沒有啥科舉哈。想當官？首先拚姓氏，拚完姓氏拚有沒有好爹好爺爺，有好爹好姓氏？行了，蔭補為官，出身世家最少不是文盲。

再來就是地方舉薦，有沒有文盲，取決於地方官的良心大小。然後是學問好到天下知名，皇帝或大官征用……這個機率低得很可憐。

但是吧，一個世家通常聚族而居，不要談五服之內，就說三代同堂吧，嫡庶五個男孩子總有吧？五個男孩子又結婚，各有五個孫子總有吧？朝廷的官位就這麼多，能夠讓你全塞進去做官嘛？

這還是有好爹好爺爺的呢。

如果沒好爹好爺爺，只有個好姓呢？不吃虧吃大了嘛。這還是住在靠近天子附近的人呢，若是有個好姓卻在江北淮南，那不把虧吃穿了。

這個科舉好啊，天下舉士。先把世家譜的分數比一比，占六成嘛。家裡的孩子，誰不五歲開蒙，仔細教養過？吃用是當世最好，請得最好的先生，文才總是有的嘛。

世家譜靠前的，總想，好歹家世占六成嘛，兒孫出頭的機率多，不用被譏諷「內舉不避親」，也不用天天被兒孫吵鬧不公平，而且萬一兒孫平庸，有這科舉制度也能潛伏一兩代，後面出頭的機會還是有的，不至於就斷了。

家世譜靠後的，也想，家世也只占六啊，反正老爭不過姓比自家好的。科舉好啊，只要鞭策兒孫讀書上進，還是比老爹爺爺豁出臉去死爭機率高啊。

至於根本不在世家譜的，也覺得，天下舉士啊，又不是不在世家譜不給考了，身世清白也行的！有考就有機會，總比鑽研巴結二十年結果還一官半職都沒有強啊。

於是大家都很和諧，非常愉快的接受了科舉制度。雖然慕容沖手有點毒，收復一地就發「廢塢令」，不准修繕塢堡，不准養兵，美其名國家替你養兵，合作的就在世家譜給你提升點分數，不合作的就降分，還苦口婆心的說，糧草很貴啊，天子替你養還不好？反正兵歸天子，他們家眷不還在你們手上嘛。

隨著慕容沖版圖的擴大，原本的不安也漸漸消失。畢竟天下亂太久了，這些世家也開始吃不消了。最擔心的不過就是不能維持世卿世祿，不能維持世家高貴安逸的生活，凰王都替你考慮好了，還省軍糧馬嚼呢。

於是和平的，從「世家治國」，過渡到「科舉取士」，沒有引起任何動盪和抵抗。

事實上，這是一招非常陰損的毒計。

一直扶持著慕容沖的凰王傅淨，事實上是個穿越人士，而且是外掛開得特別大的穿越人士。

她本身是個研究慕容諸燕的女博士，爺爺是個真正的老中醫，她可以說是家學淵博。可惜剛拿到博士就出了車禍，莫名其妙的來到苻堅的後宮，卻是個武功高強、啥都會一點的女暗衛，而且看守著年方十二，被苻堅占了的慕容沖。

有些書呆子氣的傅淨，非常同情這個身心受到重創的小少年，起初只是想讓他能夠逃出苻堅的毒手。後來和苻堅的心腹大臣王猛聯手，想辦法讓慕容沖任河套所在的華州令。

但是赴華州的路上，這個書呆氣又心軟的穿越女傅淨受到很大的驚嚇和震撼，一生生於和平的她，徹底明白了什麼叫做「戰亂」，什麼叫做「興，百姓苦。亡，百姓苦。」

這才是她以一己之力，發憤扭轉乾坤的開始。至於和慕容沖日久生情，真的是意外……完全是愛情智商零蛋的女博士被美貌值破表的小腹黑完爆的結果。

世家譜，身世為重的科舉，事實上只是她精心籌劃的過渡方案。

歷史證明，世家的衰敗崩潰，和科舉後寒門子弟出仕，有著絕大的關係。但是過渡中卻非常艱辛，甚至引起政治動盪，當時還是國家安定的大唐。

她既不想那麼粗暴，更不想等到一切塵埃落定再引起另一波動盪。

所以她赴華州不久，就開始策劃世家譜，為未來以「世家為重當掩護，堂堂正正的導入科舉的概念」，打下第一根柱石。

在她的整體規劃中，「世家為重的科舉」只是過渡方案，畢竟文盲比率實在太高，除了世家還真找不到幾個非文盲。要打破現況，不是殲滅世家，和世家為仇寇，而是選賢與能，並且開闢各級學校，讓知識這個力量，不被高層壟斷，溫和而漸進的調整。

這樣，不管是占了大部分優勢的世家子，還是平民百姓的寒門子弟，才有真正數量平等的立足點，有能者才能為國效命，不是淪為世家爭權奪利的功利場。

當然有過渡方案就有後續，她也的確規劃得很完整。可惜的是，她終究還是敗在

「愛情」這個坑死千萬女性的倒楣大坑。

慕容沖登基要立后了，皇后不是她。

傅淨陷入「老娘拚死拚活出謀跑業務當會計的和小開將破產小公司弄成國際百大企業，結果因為股票上市，大股東逼小開娶他女兒，變成總裁的小開真要娶了小妖精，然後叫黃臉婆退位當細姨」的絕頂憤怒中，一把火將所有的企劃書都燒了，憤而出宮了。

叫你新皇后和國丈替你治國去吧，老娘不奉陪了！

然後，這個過渡方案就這樣執行了快三百年，只有政德帝硬調整了一下，過渡這麼久，能沒事麼？

結果就是，世家只是衰弱，但是活得還挺愜意。幾百年聯姻，朝堂隨便喊兩個人幾乎都能尋出親戚關係，還不只一重。積重沉痾近三百年，土地兼併和黑戶越烈，制度幾乎都是傅淨起始的過渡，硬生生跛行到現在，皇帝幾代再差些……

真的不用玩了。

慕容府為什麼跑去江南尋新天地？就是覺得大燕應該快完了，大約會回歸遍地割據的場面，還不乖乖跑去江南保命啊？趕緊的，塢堡被禁了，找個縣城安身立命，妥妥的冷眼旁觀，等待塵埃落定吧。

結果一著算錯，他們家的閨女成了皇后。

只能關起門大罵那門抽風父子全是廢物，跟他們同姓真是恥辱中的恥辱。現在跑也太晚了，所有人的目光都看著「后族」，被巴結的有苦說不出。

慕容駿雖然不知道傅淨是個穿越人士兼專業人士，卻是少有能看穿她的想法和做法的知音。他佩服的五體投地，也猜測過這只是個過渡，之所以後續沒有完善……

你馬連正史都不給人留名，活該啊！

慕容沖就是個白痴。

……雖然當時第一豪強就是鄭家。

但是跛行幾百年的制度，苦果開始發作了。

……他馬的不能冷眼旁觀了，現在他的兒和女婿是帝后啊靠！

說不得，只能看他們父子和慕容府協力，能不能力挽狂瀾了……

說好的愉快退休生活呢?!還能不能讓人愉快的當個安靜的美男子了？

現在他最想做的，就是呼喝起所有的手下，將慕容沖起始的皇陵，通通刨乾淨……挖你祖墳十八代！一切的禍根！太可恨了。

慕容駿動了動手指，還是拿出所有的修為，將蠢蠢欲動的中二硬壓了下去。

（完）

作者的話

其實這部「鳳帝小傳」只算寫了個開頭。但是接續下去的實在不適合這種戲謔體了。

就鳳帝的角度來說，她都能堅強的撐下去（並且內心不斷吐槽），並且不覺得自己的一生太無聊，更不覺得悲慘。

但就我這個旁觀者的角度來說，實在不忍細訴。所以本來想寫番外，只是因為我覺得無法貫徹這種戲謔體，所以算了。

只是個中篇，而且實驗性質濃厚。老讀者應該知道，我總是會不斷的實驗各式各樣的文風，試圖用迥異文風彌補女主角固定的缺陷，現在看起來，不是很滿意，但也還能接受。或許將來能夠寫得更好一些……誰知道呢。

起碼現在我知道鉅細靡遺這種文體我還是掌握得不夠好。

但是聊做一塊大燕朝的拼圖，與君一樂倒還是可以的。

回頭想想，為什麼我會試圖架構龐大的大燕朝呢？應該是基於對歷史的興趣吧。

我對歷史的喜愛，肇因於少年時（大約國中二年級）在文化中心圖書館的一套歷史書。

作者是個外國人，用外國人的眼光寫著中國的歷史。幾乎一朝一冊，每本都很厚。我看過很多次，但到底是誰寫的，我忘記了。

甚至當中的年代什麼的，我通通都模糊了。但是這套史書對我影響很深遠，我還記得他說「中華」的意思是，「大地最中央的花」（大概是這個意思）。

這一整套並不是只有中華史，還有外國史。在中二喜歡懷疑一切的時代，我覺得他讓我看到另一個不同角度、不同想法的世界，所以我有點擔心是否他會不正確不公正或者謬誤。所以我也看外國史，然後試圖和課本相對應，發現沒有什麼大的出入，態度是公正的，我才放心下來。

然後我也更喜歡，每次去文化中心一定在那兒看一整個下午。

他讓我明白了，社會學其實也是一種科學，除去了濃厚的文化和道德，一個朝代的興衰，其實也和社會制度的成熟度息息相關，在農耕技術若發展得不夠快速時，社會制度太繁複完熟，未必是好事。但是人口增加農耕技術也發展了，社會制度卻沒有相同的發展上來甚至走入歧途，最後也是帝國崩塌的原因之一。

這只是舉例，當中的兩個點而已。

他也讓中二期的我，開始學會比對和思考……雖然並沒有什麼大的用處。

一直到現在，我還只是個史學的門外漢，一個喜歡看歷史故事但是啥年代都記不下來，寫小說也常有年代和人名錯誤的混蛋，但我依舊喜歡歷史。

所以我再一次的對我沒有專精領域的學識，表示遺憾。

大燕朝其實我真的仔細慎重的架構過，雖然是架空小說，但是起源是歷史上的人物，就不得不慎重。但是再怎麼慎重，還是得考慮到讀者的接受程度——我超煩一開頭兩萬字設定的架空小說。

這也是為什麼提到這個歷史歧途的大燕朝科舉，一開始有這樣看似荒謬的設定，居然家世占六，文才占四，好不合理啊這個。

還有世家有什麼了不起？看起來好平常啊。世家譜是什麼玩意兒？莫名其妙。

嗯，如果塞在當初的小說裡，大概可以寫成七本，然後讓讀者看得昏昏欲睡。

這不是我的初衷，也不是《臨江仙》和《深院月》的重點，所以我大概的略過去，反正讀者不會在意。

只是寫了《誤棲梧桐》，我頭痛了。因為再不解釋就會讓世家成為單薄如紙的反派，完全的背景。

這麼說吧，科舉起於隋朝（西元六〇五年），唐朝才普遍而規律的舉行。而慕容沖出生於西元三五九年。也就是說，傅淨將「科舉」這件事足足超前了兩百多年，甚至將制度完善到符合時代要求又能周延得延續下去。

但是在慕容沖的時代，魏晉南北朝著姓上千，塢堡林立，只知有家不知有國的情形是非常普遍的。這部分請參閱歷史類的書籍。

這時候的「士人」，指的還是壟斷資源和知識的世家子。曹操一代梟雄，只是「惟才是用」，不問出身，就被鄙薄的非常厲害。

這些是我避不開的資料，一定要詳讀而消化。但是要怎麼轉譯給讀者了解，明白為什麼大燕到了豐帝會危急到幾乎亡國的程度……這些我就不能夠避開繼續當千萬設定集。

然後我知道，我又給自己挖了個大坑坑自己。

所以我一面讀資料一面血壓節節高升，不知道是想把自己憋死還是急死。最後憋出來的就是「補充資料 i」。這不是我誤用了羅馬數字的I，而是我想給自己點根蠟燭。

我不知道讀者能不能看懂世家和這個怪異科舉的設定，但我已經竭盡全力。想說的不過是，一個過渡政策只能過渡用，若是一直過渡下去就會成了跛行政策，最後就會跟不上社會發展最後就陣亡了。而這個歷程其實還滿妙的，往往一、兩百年就開始撐不住，三百年就混亂，然後就準備掛了改朝換代。

除非當中能有「中興之主」，而這些中興之主往往有些驚世絕豔的變革，符合一個社會民生和制度的發展，所以國祚能夠延續下去。

我知道這樣的想法很片面，甚至不正確，或許以偏概全。我也沒有自信，這樣怪異的科舉制度是不是完善，畢竟放在一個研究慕容諸燕的歷史博士身上，說不定有問題。

但是我沒辦法想得更周延了。只能說，小說家言，姑妄聽之。（差點寫成小說加鹽）

只是，這些亂七八糟的整理，是我虔誠的獻給遙遠的中二時期，曾經啟蒙過我，對我有重大影響，卻連名字都沒記住的外國老師，最慎重的弟子禮。

他大概永遠不知道，曾經深刻的影響過一個異國的中二少女，而這個中二少女長大了，成為說書人，開始影響一些人，說不定在我不知道的地方。

所以我想說明，解釋，並且用一種非常謹慎的態度。

這是一個不學無術的說書人的自辯。如果能夠因此對我不認識的某個人，開始喜歡歷史和思考，我想我會非常高興，能夠驕傲的對那位外國老師說，你的學生（自己認為的），對這世界並不是毫無用處。

Seba・蝴蝶

國家圖書館出版品預行編目資料

誤棲梧桐 / 蝴蝶Seba 著.
-- 初版. -- 新北市：雅書堂文化, 2015.10
面； 公分. -(蝴蝶館；69)
ISBN 978-986-302-266-4 (平裝)

857.7　　104013790

蝴蝶館 69

誤棲梧桐

作　　者／蝴　蝶
發 行 人／詹慶和
總 編 輯／蔡麗玲
執行編輯／蔡毓玲
特約編輯／蔡竺玲
編　　輯／劉蕙寧・黃璟安・陳姿伶・白宜平・李佳穎
封面繪圖／五十本宛
執行美編／陳麗娜
美術編輯／周盈汝・翟秀美

出版者／雅書堂文化事業有限公司
郵政劃撥帳號／18225950
戶名／雅書堂文化事業有限公司
地址／新北市板橋區板新路206號3樓
電子信箱／elegant.books@msa.hinet.net
電話／（02）8952-4078
傳真／（02）8952-4084

2015年10月初版一刷　定價220元

總經銷／朝日文化事業有限公司
進退貨地址／新北市中和區橋安街15巷1號7樓
電話／（02）2249-7714　傳真／（02）2249-8715

Seba・蝴蝶

Seba · 蝴蝶